Tucholsky   Wagner   Zola   Scott   Freud   Schlegel
  Turgenev   Wallace   Fonatne Sydow
    Twain   Walther von der Vogelweide   Fouqué   Friedrich II. von Preußen
                    Weber   Freiligrath   Frey
Fechner   Weiße Rose   von Fallersleben Kant   Ernst   Frommel
        Fichte   Richthofen
         Engels   Fielding   Hölderlin
  Fehrs   Eichendorff   Tacitus Dumas
              Faber   Flaubert   Eliasberg   Ebner Eschenbach
            Maximilian I. von Habsburg Fock   Eliot   Zweig
  Feuerbach   Ewald   Vergil
       Goethe   Elisabeth von Österreich   London
Mendelssohn Balzac   Shakespeare   Ganghofer
                      Lichtenberg   Rathenau Dostojewski
      Trackl   Stevenson   Doyle   Gjellerup
Mommsen   Tolstoi   Hambruch
        Thoma   Lenz   Hanrieder   Droste-Hülshoff
Dach   Verne   von Arnim   Hägele   Hauff   Humboldt
        Reuter   Rousseau   Hagen   Hauptmann   Gautier
  Karrillon   Garschin   Baudelaire
       Damaschke   Defoe   Hebbel
                      Descartes   Hegel   Kussmaul Herder
Wolfram von Eschenbach   Dickens   Schopenhauer
          Darwin   Grimm Jerome Rilke   George
   Bronner   Melville   Bebel
      Campe   Horváth   Aristoteles   Proust
Bismarck   Vigny   Barlach Voltaire Federer   Herodot
               Gengenbach   Heine
  Storm   Casanova   Tersteegen   Gilm Grillparzer Georgy
          Chamberlain Lessing   Langbein   Gryphius
Brentano   Lafontaine
  Strachwitz   Claudius   Schiller   Kralik Iffland Sokrates
        Katharina II. von Rußland Bellamy Schilling
                         Gerstäcker   Raabe   Gibbon   Tschechow
  Löns   Hesse Hoffmann   Gogol   Wilde   Gleim   Vulpius
    Luther Heym   Hofmannsthal   Morgenstern
      Roth   Heyse Klopstock   Klee Hölty   Goedicke
Luxemburg   Puschkin Homer   Kleist
           La Roche   Horaz   Mörike   Musil
  Machiavelli   Kierkegaard   Kraft   Kraus
Navarra Aurel   Musset   Moltke
              Lamprecht Kind   Kirchhoff Hugo
  Nestroy Marie de France   Ipsen   Liebknecht
  Nietzsche   Nansen   Laotse   Ringelnatz
      Marx   Lassalle Gorki   Klett   Leibniz
 von Ossietzky May   vom Stein   Lawrence   Irving
 Petalozzi   Knigge
     Platon   Pückler   Michelangelo   Kafka
   Sachs Poe   Liebermann Kock
        de Sade Praetorius   Mistral   Zetkin   Korolenko

Der Verlag tredition aus Hamburg veröffentlicht in der Reihe **TREDITION CLASSICS** Werke aus mehr als zwei Jahrtausenden. Diese waren zu einem Großteil vergriffen oder nur noch antiquarisch erhältlich.

Symbolfigur für **TREDITION CLASSICS** ist Johannes Gutenberg (1400 — 1468), der Erfinder des Buchdrucks mit Metalllettern und der Druckerpresse.

Mit der Buchreihe **TREDITION CLASSICS** verfolgt tredition das Ziel, tausende Klassiker der Weltliteratur verschiedener Sprachen wieder als gedruckte Bücher aufzulegen – und das weltweit!

Die Buchreihe dient zur Bewahrung der Literatur und Förderung der Kultur. Sie trägt so dazu bei, dass viele tausend Werke nicht in Vergessenheit geraten.

Die Himmel der Farbigen

Ein Bilderbuch aus zeitlosen Weltwinkeln

Heinrich Seidel

Impressum

Autor: Heinrich Seidel
Umschlagkonzept: toepferschumann, Berlin

Verlag: tradition GmbH, Hamburg
ISBN: 978-3-8424-1452-5
Printed in Germany

Text der Originalausgabe

Willy Seidel

Die Himmel der Farbigen

Ein Bilderbuch aus zeitlosen Weltwinkeln

Meiner Schwester Ina

Gruß an Dauthendey

Ich hätte Dich kennen müssen . . . Warst Du nicht nach Java unterwegs, damals im Frühling des Jahres vierzehn, als ich mich an Dir vorbei nach Australien bewegte? Die Schäume unserer Schraubenwellen haben sich vielleicht irgendwo im Indischen Ozean in letzter Ausstrahlung durchzittert, nicht faßbar mehr; – und von den braunweißen Möwen, die meinen Bug umschwebten, ist vielleicht eine oder die andere von Colombo ab Deiner Spur gefolgt . . .

Was ich damals von Deiner Person wußte, war nicht viel. – Stanislav Przybyszewsky, mit weizenfarbenem, schütterem Bauernbart, die Slawenäuglein ekstatisch geschlossen, hatte mir ein Bild von Dir entworfen mit seinem heiseren Organ, zwischen energischen Zügen aus seiner »Hüftpulle« und ein paar unvergeßlichen Beschwörungen Chopins . . . Schilderungen, die er mit modellierendem Schwung seiner Pranken unterstrich. – Demnach seiest Du ein mittelgroßer, schweigsamer und zarter Mann gewesen, mit dunklen Augen und einer brünetten Scheiteltolle. Du habest aus Lyrik bestanden: jederzeit bereit, solche Perlen vor begeisterte Polen und Nichtpolen hinzuwerfen. – Und man sei versucht gewesen, vor lauter Sympathie mit Dir eine Art »Maximin«-Kult zu betreiben . . .

Solches war das Bild, das ich von Dir nach Australien trug; – zu billig und zu niedlich, sieht man; – wie die Erinnerung an eine Aufnahme im Perlmutterrahmen! – Gar nicht vereinigen wollte sich solche Vorstellung mit dem Eindruck, den mir Deine indischen und japanischen Visionen machten. Die lyrischen Girlanden, die Du vor Stanislav und seiner Satanistengefolgschaft wandest, wollten sich gar nicht in die strenge und kolossalische Architektur Deiner Epik fügen, und so stellte ich denn diesen subjektiven Eindruck in den Hintergrund und hielt mich an Dich selbst; – den kräftigen seelenkundigen Menschenschöpfer, der hinter den »Raubmenschen« steht. – Wie konnte das möglich sein, dachte ich, daß das Bild stimmen sollte? Ein Titan, der seine Bilder auf eine horizontlose Weltenleinwand mit ehernem Pinsel malt: dieser soll ein kleiner brünetter Herr sein, mit einer Mimosenseele und feuchtdunklem Augenaufschlag? Mit zarten Fingern und kleinen Füßen, – ein lautloser, weicher, träumerischer Kamerad? . . . Und doch war es, wie ich dann 1925 auf Java von einigen Deiner Freunde erfuhr, so mit Dir bestellt . . . Deine Seele war groß und empfindlich. Sie war an einen zu zarten Körper geheftet wie ein Ballast. Hast Du doch – (wie aus Deinem Tagebuch sich deutlich erweist) – jeden Eindruck als Ballast empfunden, unter dem Du stöhntest, bis Du ihn mit Hilfe Deiner Kunst erleichtertest, verklärtest und abwarfst. – Du warst eine der ganz echten, typischen Künstlernaturen, deren Blick von selbst hinter die Dinge dringt und sie von innen aus betrachtet, ihren äußeren Anschein nur symbolhaft deutend: Du glaubtest die Menschheit von ursprünglichem Altruismus erfüllt und von angeborener Güte sozialen Instinktes. Aus dieser innerlichen Prämisse wuchs für Dein Schaffen folgerichtig das greifbar-körperliche Drama – das Einzelschicksal. – Diesem warst Du dichterisch gewachsen; in immer neuen Situationen, immer neu herangeholten Individuen »aus allen vier Winden« bewiesest Du den ewig gleichen Ablauf menschlicher Leidenschaft, in Hemmung und Irrsal, in Suche und Erfüllung . . . Und damit hattest Du recht; Du wandeltest das Thema ab in reizvoll farbigem, exotischem Facettenspiel . . . Als aber der Krieg kam, das Massendrama, die groteske Großfront verneinender und asozialer Instinkte, da versagtest Du, zarter Bildner. – Da wurde der Ballast zu groß. – Irr tasteten Deine Künstlerhände nach Erleichterung; – vergebens, denn die Kulisse der Dinge war zu schauderhaft aufdringlich und zu schwer geworden, um sich rücken zu lassen, um sie in Einzelgeschicke aufzulösen. – Sie erdrückte Dich, den Angewiderten, Passiven, Vergifteten. Und die Rufe der Freunde aus Soerabaja, in Deine Einsamkeit nach Tosari hinauf, drangen nicht mehr an Dein freiwillig verstopftes Ohr.

Es tut nicht gut, Dein Tagebuch zu lesen. Weder in eine dicke Haut hinein konntest Du Dich retten, noch Zuflucht nehmen zum Selbstgenügen oder zum anderen Geschlecht. Und doch, statt Dich von fixen Ideen martern zu lassen, wäre dies Deine Rettung geworden: dem Gamelang zu lauschen, das Du So liebtest. Warum tatest Du's nicht? War's Verantwortlichkeitsgefühl einer Frau gegenüber, in die Du Dein zerrissenes Ich gänzlich und hemmungslos ausgossest? – Warum versankst Du nicht, wie so viele, in die Zeitlosigkeit des Orients, der Dir Kissen und Rausch bereithielt täglich, stündlich? Augenweide, süßes Gesumm und Messinggepolter, schlanke Leiber und unvergeßlich durchblutete Regenhimmel?

Hier ist wieder eine typische Tragik des Künstlers: die Hemmungslosigkeit einer krankhaft wuchernden, sich übersteigernden Phantasie. Das Wort »Deutschland« ... Viele haben dies Wort mit sich herumgetragen wie einen Edelstein, mit dem man zuweilen Zwiesprache hält, wenn man ihn lang genug in der Gürteltasche getragen. Zwanzig und dreißig Tropenjahre lang. Bei Dir – der doch wissen mußte, daß sein Exil irgendwann einmal innerhalb von fünf Jahren ein Ende haben müsse – wuchs es riesenhaft zur beklemmenden Zwangsidee, zum gänzlich jeder Proportion spottenden Alpdruck, zum verdrängenden Komplex auch für Geschlechtserlösung ... Das Heimweh ist oft nur eine zarte beschwingte Last, die sich leicht schultern läßt und das Herz bereichert. Stellt man aber eine grausame Wand auf, die Unmöglichkeit der Rückkehr, so wächst es; nimmt es noch dazu die Gestalt einer Frau an, die im Hirn des Odysseus der Minuten quälenden Gleichtakt zählt, so wird es zum erbarmungslosen Idol, das unfruchtbare Opfer fordert; aus dem Heim-Weh wird Heim-Sucht.

Und da half es Dir auch nicht mehr, daß Du Dich an das Edelste wandtest, was das Land bot ... daß Du, in steter Flucht vor dem fetten Kolonialbürger, innig die Landschaft suchtest und tief in die Tradition der Javanen drangst, in die edel absterbende Kultur der feudalen Schicht, die noch dünn im Lande sitzt ... Wenn Dich auch das Bild so gepflegter Geste, so entrückter Schönheit, das Du an den Höfen sahest, noch zum Fabulieren anregte ... Der grelle Krieg im Verein mit dem Dämon der Heim-Sucht fuhr mit rohem Daumen über die zarten Saiten und brachte sie zum Platzen.

Die Glocken der Würzburger Kirchen überbrausten das Gamelang und brachten es zum Schweigen.

So verklingt sie ohne Erlösung, diese Künstler-Odyssee unserer Tage ...

Weltflucht zu Ayer-Itam

Meine kleine Freundin Isabella! – Ungeduldig und neugierig bist Du wie eine schlechtgezähmte weiße Maus; überall hinein steckst Du Dein schnupperndes Näschen . . . So gestatte mir denn – (um Dich zu dämpfen) –, daß ich Dir hiermit die allerälteste Tempelschildkröte vorstelle, die es vermutlich gibt . . . Wo wir sind, Du verwöhnte Kreatur? – Nun, an einem Ort, der den grellsten Kontrast bildet zu Deiner weltlich-seidenbunten Flüchtigkeit: im Kek-Lok-Kloster zu Ayer-Itam sind wir, bei Penang.

Verlange nicht, daß ich Dir die roten Charaktere deute, die auf dem Panzer der Alten gepinselt sind. Vermutlich ist sie ein Überbleibsel des Schöpfungstages und ist ein wandelndes Memorandum des Lieben Gottes. – Das Antlitz des Ewigen hat so viele Facetten wie ein Fliegenauge; so kann sie sich denn, aus ihrer späteren Jugend, noch gut der Tage entsinnen, da Prinz Gotamo anhub, die Welt zu verachten und der Vervollkommnung entgegenzureisen. Abgesehen darum von periodischen Salat-Opfern ist unsre Freundin inkarnierte Wunschlosigkeit; hochgezüchtete Entsagung. Da sie über ihr wahres Alter selbst Kenner im unklaren läßt, so ist es wohl möglich, daß das Auge dessen, der Tiere zu töten verbot, wie ein Stern über dem Schlammpfad ihrer Jugend wachte . . .

Heute hat man sie ihrer selbstgewählten Absperrung unter Entenfutter und Lotosblättern entrissen und sie auf die Marmorfliesen herausgezerrt. Noch ist sie verschüchtert, denn man hat ihr, um sie zu beleben, mit dem Gongklöppel, womit man nur den tönenden Holzfisch dreschen darf, einen Hieb auf den Rücken versetzt. Ein kleiner Tempelgehilfe hat es getan und eine geflüsterte Rüge des Bruders Pförtner dafür eingesteckt, die ihn völlig zerschmettert hat. Drum ziele auch Du nicht, Isabella, mit Deinem keulenförmigen Sonnenschirm nach ihrem Hornschnabel. Siehst Du: jetzt faßt sie Mut. Diese stinkenden Fischchen machen sie lebendig! Und wir haben unsre Freude an ihrem halspendelnden archaischen Gehaben. Wir stehen ergriffen vor der Tatsache, daß ihr schiefes gelbes Auge schon Dinge spiegelte und mißverstand, die unsre wackeren Hexenrichter genau so verständnislos betrachteten. Und Du wirst mir zugeben, Isabella, daß diese zwei Zentner lebender Schildpattsubstanz ein vertracktes Symbol sind für das Zeitlose und Zähe der Dummheit. Und es wird Dir lieber sein, bald zu enden, aber fröhlich und produktiv, als Dich sehr lange, in Entenfutter eingepökelt, von Generationen gelbgewandeter Mönche in einem Buddhistenkloster verehrt zu wissen . . . Nein; Du bist kein Aushängeschild für Lebensflucht.

Vier Mönche nahen sich nun und schieben, leicht ächzend, die Alte über den Marmorrand in den Teich zurück. Es platscht beträchtlich. Sie geht unter wie ein Fels; nur eine perlmutterne Blase schwankt hervor. Vielleicht grübelt sie in der grünen Dämmerung darüber nach, warum man sie beansprucht hat. Eine festumrissene Vorstellung davon, daß sie von einer Eintagsfliege des zwanzigsten Jahrhunderts zu einem philosophischen Stoßgebet mißbraucht wurde – (geschweige denn zur Stärkung des Lebensgefühls eines hübschen Mädchens) –, wird ihr wohl kaum kommen. Denn von Rechts wegen, schon aus Anstand, müssen wir uns ihren Pflegern zugesellen, die sich sonnen. Also nimm, Isabella, für die nächste halbe Stunde eine Maske vor! Sei alt und weise!

Werfen wir den Zeitbegriff über die Mauern! – So; – jetzt sind wir ein Klub geworden von höchst privater Observanz. Wir haben den hohen Grad lächelnder Schlauheit erreicht, der hinter Klostermauern gedeiht. Komm' hinüber, auf jene Terrasse, vor den Ausblick auf schlanke Palmenhaine und die neue rosagekalkte Pagode, die Seine kürzlich verblichene Majestät von Siam gestiftet hat und zu deren völliger Kostenabtragung auch wir beisteuern dürfen . . . Hier trinken wir grünen Tee aus altertümlichen Kannen. Servierende Laienmönche, gelbe zischelnde Heinzelmänner, erfreuen uns mit wächsernem Lächeln. Schenken wir uns es, mit ihnen schwatzen und ihre Phantasie in Wallung setzen zu wollen. Ich möchte sämtlichen Greisen der Erde, besonders den emsigen und erfolgreichen, wünschen, daß sie mit einem Blick auf diesen Spielzeugladen der Wunschlosigkeit dereinst ihren letzten Seufzer tun. Es ist dies alles so heiter, so kindlich farbig, und so alt.

Die Entsagung hat sich hier zur Ruhe gegeißelt; sie tändelt nur noch mit dem Hüftstrick. Der Gedanke an Wiedergeburt ist in diese Seelen gesunken wie ein unverrückbarer Stein. – Alles ist eitel; nur zu Gast sind wir bei den Dingen.

Was aber ewig ist – (schenk' Dir noch eine Tasse ein, mein Kind!) – sind diese abgestuften Terrassen mit ihren Teichen voll von Schildkröten und bemoosten Goldfischen – (reich' auch mir noch ein henkelloses Täßchen, doch verbrenne Dir nicht die Finger!) –; sind diese Blumenständer aus Majolika; sind die rotgoldenen Kapellendämmerungen mit ihren feisten, grüngolden bronzierten Dämonen (den geiferspeienden, hier bezwungenen Drachentieren unsrer sterblichen Brust). –

Ewig sind die seßhaften Alabasterphilosophen mit Antlitzen so verschmitzt, so lächelnd-langlidrig.

Ewig ist jene kleine Chinesin, die zwischen gespreizten Fingern schwelende Räucherkerzen hält, herzklopfend darauf bedacht, korrekt zu beten und die lächelnden Antlitze unter Glas nicht zu erbosen.

Ewig sind die nackten braunen Malaienkinder, deren melodisches Gurren über die Terrassen schallt – (o tötet kein Tier und kränkt keines dieser Kleinen!) –; sind die gebrauchsblanken Horoskopstäbchen; sind die Porzellanreptilien auf den Dachfirsten ... O holder Spuk inmitten blaubesonnter Gelassenheit! O kleiner Albdruck im Mittagsschlaf östlicher Völker! Ewig ist der Summton des Windes in der Gongscheibe; ist der lila Doldenstrauch, von Hummelfliegen umbraust; – bist Du selbst, Isabella.

Denn auch Du kehrst unablässig wieder im Rad der Dinge, tausendfach neu vermummt ... Und Deine straffe Jugend erschafft stets neue künstliche Daseinsformen als schlauen Protest gegen das alte Übel: – das des Geboren-Werdens und Leben-Müssens – ob man will oder nicht!

».. . Und das Wort ward Stein . . .«

(B o r o b u d u r)

Auf der obersten Rundterrasse des Borobudur sitzt ein Buddha und doziert. Während die 71 anderen Abbilder des Erhabenen ringförmig geordnet unter gegitterten Steinglocken hocken, ist er der einzige der im Freien sitzt, ohne daß schändende Moslemhand ihn köpfte. Seine Glocke ist geborsten; vom Schoß ab ist er frei. Sichtend und erklärend berühren sich die Fingerspitzen. Er grübelt nicht; nein, er entledigt sich mit dieser Geste in die Landschaft hinein einer ungeheuren Erkenntnis. Wenn er das Schlußwort zu Ende gesprochen hat, löst er die Geste aus. Mittlerweile wartet er noch, daß man ihn begreift; er hat schon geraume Zeit gewartet und es kommt ihm nicht darauf an, die Minute noch hinzuzulegen, die es dauert, bis die Menoreh-Berge drüben zu Kalkstaub zerbröckelt sind.

Seit jeher hat sein Auge, durch das Steingitter hindurch, ein Wandelpanorama von Geschehnissen erhascht. Was focht ihn dies an! – Da waren vorbeiknisternde Farben und ein Gemurmel von Gongs. Dann sah er anschleichendes Grün; schlangenhaft krochen Wurzeln herzu und verschoben Quadern und Fliesen, als seien es Schachfiguren. Zuweilen murrten Erdstöße. Dann kamen Stillen voll smaragdener Schmetterlinge. Dann stieß die Hand des Propheten von draußen sein Gitter in Trümmer. Er bot den Hämmern lächelnd das Stirnmal; sie schonten ihn. Regen plätscherte in seinen Schoß. Wimmelnde Menschen in wechselnden Trachten begafften ihn. Was focht ihn dies an! – Dozierend atmet er das Schlußwort. Vor 1200 Jahren hat man eine Frage an ihn gestellt; ihn in Meditation gestürzt. So gewichtig war diese Frage, daß die Antwort darüber in Stein geronnen ist.

Heute spiegelt sich noch gerade im Gesichtswinkel seiner Steinaugen die Ankunft eines einzelnen Menschen. Er schickt sein fernes Lächeln hinab. Der Mensch kommt den Hügel hinangeschritten, und aus dem moosfleckigen Trachytleib des Bildes löst sich ein großes Wesen, steigt unhörbar die fünf Treppen hinab und umhüllt den Kömmling mit einem Mantel von Stille. Urplötzlich, klanglos, versinkt all das falscheuropäische Getriebe. Die Hupenschreie versickern, das Rasseln, Pfeifen, Droschkenklingeln, Ponytrappeln und Händlerbrüllen . . . Und aus dem erstickten Lärm des Heute gebiert sich süße Stille und das Zirpen zahlloser Schwalben.

Ich schreite den von silbrigem Wurzelwerk durchflochtenen Weg hinan. Ein wenig melancholisch klimpert ein Gambang im Palmenhain. Ich bin auf dem Plateau der Hügelkuppe angelangt, und vor mir dehnt sich, kaum mit einem Blick umspannbar, der Ziergarten aus greisenhaftem Gestein: – die altergraue Masse des Borobudur. Ich blicke ins Land. Der Bezirk Kedoe in den Vorstenlanden träumt unter steiler Sonne. Es ist mittags; die Reisfelder liegen unter sanften Brisen schillernd, und über ihnen schweben die violetten Schattenkegel des Merapi und Merbaboe . . . .

Eine steile Treppe, die fünf Terrassen der pyramidalen Basis überschneidend, eröffnet einen schmalen Zugang. Nach Überschreiten der mächtigen Sockelbasis stehe ich vor dem ersten Spitztor, von dem ein Dämonenkopf auf mich herabglotzt. Und dann bin ich hineingeworfen mitten in ein tumultuarisches Geschehen; in eine mannigfache Gebärdenwelt von Gott, Mensch und Fabeltier. Traumbefangen lenke ich die Schritte in dieses Unmaß von Schöpfertum, das nur eines Anhauchs bedarf, um sich vielgestaltig zu regen.

Bild reiht sich an Bild. Die Existenzen Buddhas spindeln sich ab. Stets erneuern sich drängende Figurenmassen, erschreckt, vernichtet, beherrscht, erklärt von der Wandlung seiner unsterblichen Geste. Aus den Wandflächen strebt es ins Reich der Form: zierhafter Elefantenrüssel, entrolltes Pfauenrad, springendes Jagdgetier, gewölbte Knie und Hüften, stumm klaffende Münder, im Schatten lauernde Augengruben –; und immer wieder dazwischen der Erleuchtete, in Bettlergestalt oder im Perlengependel der Mitra: Segnend, ruhend oder meditierend . . . Jeder Blick scheucht neues Leben auf an Simsen, Friesen und Paneelen; – hier bläht sich ein Monstrum, dort häufen sich Lotosranken mit strotzenden Knospen . . . In kleineren oder größeren Altarnischen seh' ich ihn, und stets nur ihn: lächelnd in weißer Marmornacktheit, mit glatter Brust, mit geringelten Locken, kappengleich auf rundem Haupt, mit herabgezerrten Ohrlappen . . . So tritt er hervor, gespensthaft schimmernd, vierhundertmal . . . Er ist unheimlich lebendig; er bewegt sich im Dämmer seiner Nischen . . . . Er ist voll verschluckter Emotion; sie belebt dies alles. So deutlich und intensiv hat er diesen Traum seines Tempels geträumt, bis er Form gewann. War nicht dies alles plötzlich da, über Nacht? Erstarrter Spuk? – Der nackte Steinmensch hat sich selbst besiegt. Er hat seinen Körper geistig abgeschlachtet. Doch es ist ihm zu Kopf gestiegen; er kennt keine Demut. Er hat dies öde, dünnlippige Grinsen; er schwelgt in einer vertrackten Heiterkeit. Es ist, als sei dieser Figurenschwall unter dieser gefährlichen Sonne pilzartig aufgeschossen. Menschen konnten dies nicht schaffen. Es ist ein Traumdickicht voller Fallen; alle Leidenschaften purzeln durcheinander, und über dem Delirium thront der nackte Büßergott und lächelt sein gletscherkaltes Lächeln.

Zwei der Umgänge habe ich durchwandert. Doch auch noch von den höheren Terrassen dringt mystischer Schreck auf mich ein; das Phantom des auf Java vom Islam gemordeten Kultes bleibt selbst in der Kopflosigkeit lebendig und tränkt alles mit wimmelndem Leben. Ich eile höher. Drei fratzenhafte Tore durchklimme ich noch; dann – überraschend – öffnet sich ein Wunder.

Die wirre Stufenpyramide weicht zurück. Drei runde Terrassen münden in die Spitze aus: in ein Gebilde von klarer Stupaform. Der steinerne Spuk, der tolle Strom von Mensch, Dämon und Fabeltier versinkt in der Tiefe; die kellrigen Umgänge werden licht; der Wind weht erlösend über reine Fliesenflächen. Es ist Pilgerfahrt durch die Leidenschaften mit dem Endziel abgerundeter Läuterung. Welch ein Einfall, welch ein Instinkt gestaltender Phantasie! – Plötzlich befreit, springt das Auge ins Ungemess'ne . . . .

Das weiße Wölkchen, das wie eine Flocke aus Schafwolle an der Spitze des Merapi hing, als ich kam, hat die Silhouette des Berges inzwischen überdacht und fast verschlungen. Der ganze Horizont ist bewölkt. Noch liegen die Reisfelder, wie geleerte Bienenwaben, in summender Sonnenruhe, die Wolken hängen scharf begrenzt als brütende Linie im Süden. Der Schatten eines Raubvogels streift langsam die gleißenden Fliesen. Klar erkennbar am Fuße des Hügels rühren sich Menschen und Büffel; bunte Farbflecke, die zwischen trägen, grauen umherschießen. Piepsende Schreie weht der sanfte Wind von diesem Spielzeug herauf, und dazwischen klimpern die verlorenen Töne des Gambang.

Ich zünde eine Zigarette an. Der Rauch hängt pinienartig in der Luft. Das allwissende Lächeln des Buddha, der mich dozierend von hier oben herab zuerst begrüßt, reizt mich zu einer spielerischen Blasphemie: – ich stecke ihm die Zigarette zwischen die Lippen. Es gibt einen verruchten Effekt. – Doch im Augenblick dieses profanen Tuns geschieht etwas Beklemmendes.

Die Sonne ist wie weggeblasen. Die Wolkenvorhut des Zweiuhrgewitters hat sie mit vorquellender Spitze erreicht wie eine Faust, die eine leuchtende Frucht zerquetscht. Stechendes Halblicht macht sich breit. – Um Vergebung murmelnd mache ich meine Blasphemie wieder gut.

Das Wolkenwesen hat, unheimlich schnell, fast schon drei Viertel des Himmels überschwemmt. Weiter schiebt es die funkelnden Säume und frißt sich in das vertiefte Blau der anderen Hälfte. Die Mendoreh-Berge heben sich, in diesem verdunkelten Blau, spukhaft weiß empor, zerklüftet und gezackt, als stehe dort ein zweiter, gigantischer Borobudur, von verscheuchten Göttern belebt.

*

Und während ich den von silbrigem Wurzelwerk durchflochtenen Weg wieder hinabschreite, spricht eine Stimme in mir:»Und das Wort ward Stein.« – – Denn noch gibt es einen, der reckt einen ungepflegten Bart, zur Höhe hinaufrufend brennenden Auges; um dessen zermürbten Kopf hängt wirr, von Wettern verfilzt, wie ein Krähennest das Haar. Und sein Hauch spaltet, nach fast zwei Jahrtausenden noch, die Katakombenschwüle dieser steinernen Mythologie. Es ist der, dessen Stimme einst in der Wüste schrie: es ist Jochanaan.

Der war kein Vorläufer dessen, der die Welt mit ihren Trieben unter einem Mangobaum verdaut und nichts dafür bietet als die Pose des Alles-Wissers. Denn dies schlitzäugige, behaglichkontemplative Idol kann nie lebendig werden für Dich oder mich. Nie kann man diesem Ding im Schrein sagen:»Meister, tummle Dich, wir darben«. – Es ist die große Gemütsfessel, die Askese als

Wollust geübt, auf dem sterilen Lotterbett der Selbstentäußerung durch *Flucht* vor der Welt. Es hat ein lähmendes Phlegma wie eine Seuche um sich verbreitet; ein geistiges Phlegma von solchem Ausmaß, daß diese Menschen hier das Müdigkeitsgift seiner Doktrinen im Blute schleppen; daß dieses aus Millionen nun ausdunstet wie aus faulenden Zisternen, von wütender Sonne bebrütet. Und jene ungeheure Tatkraft, die einst an einem Kreuz verzuckte, wirft keine Wellen bis zu den Bezirken dieser feisten Maske, die »Taten« belächelt und ewig belächeln wird. –

Der Spion des Fürsten

Es ist im Januar 1926 in Solo, der Hauptstadt des Fürstentums Soerakarta auf Java, an jenem Knotenpunkt der Residentielaan, wo die pittoreske Brücke einen Ausblick gestattet den schlammgrünen Fluß hinunter auf zusammengekittete Chinesenhäuschen, die mit flachen Wellblechdächern und Veranden das rechte Flußufer säumen. Am linken ziehen sich tiefrote Gladiolenrabatten hin unterhalb des pompösen Kinogebäudes.

In dieser Gegend stehen einige holländische Hotels. Im »Juliana« wohnen wir. Mit jener Nervosität, wie sie die allgemeine Klebrigkeit der Dinge und Begriffe mit sich bringt, warte ich auf Beantwortung eines Briefes, den ein gewisser, zwischen Pallisaden gußeiserner Konvention verrammelter Fürst vor einer Woche von mir erhalten hat. Dieser Brief soll der Ariadnefaden werden, an dem ich mich, ein neuer Perseus, zum leidlich gebändigten Minotaurus hineinzutasten gedenke. Aus irgendeiner Kanzlei, aus einem Regierungsbureau oder dem labyrinthisch ummauerten Palastviertel muß die Antwort hervorflattern. Erwartungsvoll sitze ich vor meinem Hotelzimmer, des Momentes gewärtig, wo sie mir in den Schoß fällt. Ich blinzle träumerisch ins flammende Blau: aus einem Durianbaum, denke ich mir, könnte sie herabsegeln, diese Antwort; von einer Palme oder einer Mauer, wenn ich die ausgetretenen, ziegelroten Pfade wandele ... Ein ganz unwahrscheinlicher Vogel könnte sie im Schnabel halten und sie mir leise gackernd in mein geliebtes Deutsch übertragen.

Nichts dergleichen ist bisher passiert, und mittlerweile bleibt mir nichts übrig als in meinem wackligen Hartholzliegestuhl auf dem Posten zu sitzen. Die Nachmittagssonne sticht. Heute hat es zur Abwechslung von elf bis eins geregnet; einige weichzerplatzende Donner, die übliche lehmbraune Überschwemmung. Ich habe das Vorgefühl, daß etwas Bestimmtes die Einförmigkeit der letzten Tage unterbrechen und daß dies Etwas mich gewappnet finden müsse.

Ich habe das Hotel heute noch nicht verlassen. Wie es außerhalb aussieht, weiß ich zur Genüge. Ich kenne jenseits der Brücke die sternförmig sich verzweigenden Straßen mit ihren unzähligen ma-

laiischen und chinesischen Tokos, und diesseits die endlose Alleen-
und Gartenstadt mit dem hitzeschwangeren Aloen-Aloen zwischen
würfelförmig geschnittenen Waringinbäumen.

Einstweilen aber noch ist greller Nachmittag, und ich beschließe
soeben einen ältlichen Polen, der sich krächzend neben mir räus-
pert, in ein Schwätzchen zu verwickeln. Der Krieg hat ihn einige
Monate lang mit Dauthendey zusammengeworfen –:».. . Es war ein
in sich zerrissener Mensch, der was schwer aus sich herauskam,
und was ich Ihnen sage, ein Sinnierer und Spekulierer . . .;« aber
Herrn Tula bleibt die Unterhaltung mit mir erspart. Das Schicksal
hat ihm eine viel apartere Überraschung zugedacht. Seine Men-
schenkenntnis, Gott schütze, versagt, bis ich ihm später die ganze
Konfusion erkläre. (Doch auch dann noch bleibt er skeptisch und
fährt fort, seine Besucher über einen Kamm zu scheren, solange sie
braun sind. Zeigen sie Bildung und sich Herrn Tula gewachsen,
sind sie ihm doppelt verdächtig. Man schleppt nicht umsonst ein
Saffiantäschchen voll assortierter Diamanten und Sternsaphire im
Werte von hunderttausend Gulden mit sich herum, ohne dauernde
Versuchung, anderen Gedanken unterzuschieben, die man selber
hegen würde, böten die braunen Herrschaften ihrerseits ein Offer-
tenmäppchen an, und wäre man selber feilschender Kunde.)

Bevor ich ihn anrede, gehe ich noch einmal nach der Straßenver-
anda des Hotels, um mir Zigaretten zu holen. Da fährt eine ge-
schlossene Kutsche vor. Ein Eingeborener schlüpft heraus, in einen
noch feuchten Regenmantel gewickelt, den er an der Brust zusam-
menhält; er geht geneigten Kopfes und eilig durchs Hotel und verschwindet hinten in der von mir bewohnten Gegend. Als ich zu-
rückkomme, sehe ich ihn (diesen Eindruck habe ich wenigstens) in
angeregtem Geplauder bei Herrn Tula hocken. Hinter der Holzwand wieder in meinem Stuhl gebettet, wird mir klar, daß der Besucher die Kosten der Unterhaltung bestreitet, denn von Herrn Tula
hört man lediglich drohendes Räuspern. Blitzstrahlgleich kommt
mir die Erleuchtung, der Eingeborene müsse das Vöglein mit dem
Brief im Schnabel sein: der Abgesandte, der Kanzleidiplomat mit
der Botschaft des Fürsten, mit dem erhofften Billet-doux . . .»Ach«,
sage ich mir,»nun sitzt er da mit seinem Auftrag. Am falschen Fleck
sitzt er da, oh so diskret, voll kleiner unerlöster Höflichkeiten und
umsonst präparierter Wendungen, auf mich gemünzt! Doch Herrn

Tulas blanke Augen belauern ihn ruhelos. So gefriert ihm das Wort auf der Zunge. Er bekommt keine Luft mehr. Bald wird er gehen; in seine Kalesche zurückhuschen, mir auf ewig verloren sein.«

*

Ich höre da drüben noch einige malaiisch geäußerte Fragen und unmutiges Grunzen Herrn Tulas, bis man sich endlich unter resigniertem Seufzer zum Gehen rüstet. Hier heißt es einschreiten, und ich rufe hinüber:»Herr Tula . . . vielleicht will der Herr zu mir?«

Hastiges malaiisches Hin und Her, wobei zum erstenmal mein Name fällt; dann kommt der Herr um die Holzwand herum. Ich rekapituliere angstvoll meine dreihundert Wörter, aber es ist nicht nötig. Denn folgendes Erstaunliche geschieht: Der Eingeborene (in Kopftuch, Jacke, Sarong und Sandalen) verbeugt sich leicht, reicht uns eine weltmännische Hand und äußerst lächelnd in leichtem *Wiener* Akzent:»Drolliges Mißverständnis, wie? Da hab' ich die ganze Zeit diesen Herrn für Sie gehalten . . . Dummheit, was?«

Es gibt wenig Ausdrücke, um der bodenlosen Verblüffung gerecht zu werden, von der wir noch Minuten lang gelähmt waren. Der Eingeborene fährt in seinem munteren österreichisch-javanischen Treiben fort. Er nimmt im Korbstuhl Platz; er legt sich sein Spazierstöckchen quer aufs übergeschlagene Knie; er wippt mit dem Fuße, an dem die lockere Sandale baumelt; er wirft uns aus schönen dunklen Augen beflissen erwartungsvolle Blicke zu.

»Man hat mir gesagt, Herr Seidel, Sie seien hier in Solo . . .« (Das Wörtchen»man« klingt vertrackt und mysteriös. Wer, zum Teufel, ist:»man«?) »Da wollt' ich mir doch das Vergnügen nicht nehmen lassen, Sie aufzusuchen, was denn? – und ein wenig zu plaudern.«

»Ja. Ganz richtig. Selbstverständlich. Liegt sehr nahe«, murmele ich, noch halb gelähmt; einen ähnlichen Blödsinn muß ich gestammelt haben. Dann aber raffe ich mich auf und bitte ihn, sich näher zu definieren. – Er heiße Raden M. A. Sosro Kartono, bemerkt er leise, gleichsam unter der Hand. Er sei in literarischen Dingen bewandert; und meine weltbekannte malaiische Grammatik . . .

Kennt man die Röte, die unwiderstehlich ins Gesicht steigt? – den verzweifelten inneren Kampf, der einsetzt, wenn man seine ganze

Beherrschung zu Hilfe rufen muß, um nicht unzart herauszuprusten?»Herr Kartono«, spreche ich, mit vibrierender Stimme,»auch hier irren Sie. Vielleicht gibt es einen Namensvetter von mir, der einmal eine malaiische Grammatik geschrieben hat.«

»So? Nicht Sie?« Er zieht die Stirnhaut kraus, ganz sanfte Höflichkeit. Er lächelt ununterbrochen.»Nun, das macht nichts; Sie sind jedenfalls literarisch interessiert . . . Es ist mir ein großer Genuß, wieder einmal mit einem gebildeten Deutschen zusammenzutreffen.«

Ist das erhört! Ich bitte! Man lausche: hier in Mitteljava besucht mich ein Javane im Sarong, auf den ersten Blick überhaupt nicht von den wimmelnden Seinesgleichen zu unterscheiden, und lispelt Wien! Bietet Zigaretten an! Schmunzelt und benimmt sich wie auf dem»Ring«! Sagt:»Tja . . .« und:»Eigenartig . . .« – Wippt mit dem Fuß . . . Und da stehen Palmen, meine Herrschaften; da ist tiefstes, weltverlorenes indisches Mittelalter . . . – Ich muß der Sache endlich auf den Grund kommen.

Er hat eine zu aparte Art, mich auszuholen. Ein solches Raffinement hätte ich jenem Fürsten denn doch nicht zugetraut. Fürsten erhalten hier Sendschreiben und lassen Petenten durch Spione aushorchen, die sich mit heimatlichem Wort und Gruß, bevor man's merkt, in des Briefschreibers Schwächen hineinschmeicheln; diesen an Stellen packen, die sotanen indischen Fürsten schlechterdings nebelhaft unbekannt sein müßten. Dies geht zu weit.

»Nun, Herr Kartono«, sage ich darum endlich,»ich denke, wir kommen jetzt zur Sache. Sie sind natürlich vom Residentenhaus geschickt, wie? Und auf Veranlassung des Sekretärs? Wie hat denn Mangkoenegoro meinen Brief aufgenommen? Genehmigt Seine Hoheit den kleinen Besuch?«

Er mustert mich, immer noch lächelnd; irgendwie gedankenvoll. Er hat einen schönen Kopf. Adlernase, hübschen Mund, kräftig gerundetes Kinn, prächtig ausdrucksvolle Augen, hohe runde Fältchenstirn. Faszinierende Augen. Er dreht die Zigarette zwischen langen, feinen Fingern, an denen ein Ring sitzt mit großem Mondstein in altertümlicher Silberfassung. Er schweigt. Man merkt, er denkt,»er kombiniert.»Pardon?« sagt er endlich, wie aus leichtem Schlummer fahrend.

Ich wiederhole meine Frage. Er hat seine Fassung wiedergefunden.

»Ich fürchte«, sagt er endlich, »Herr Seidel, davon weiß ich nichts. Erwarten Sie...?«

Nun ist die Reihe an mir, erstaunt zu sein und »Pardon« zu sagen. Ich stottere; ich erkläre...

Er lauscht gespannt, sehr interessiert.

»Also darum«, meint er schließlich, »nannte man mir Ihren Namen. Der Translateur hielt mich auf der Straße an, aus seinem Sado (zweirädriger Droschke) heraus und sagte: »à propos, wenn Sie eine Bekanntschaft machen wollen, Raden Mas, so gehen Sie da und da hin... Ins »Juliana«... da sitzt nämlich ein Herr, der kann besser Englisch als wir.«

Guter Kartono! Er ist also auch nur *benutzt* worden. Welch typisch-bureaukratische Umgarnung! Ganz allmählich, vollkommen zwanglos will man sich auf diese Weise Informationen über mich beschaffen...

Ich kann wohl sagen, daß das große Gelächter, das wir zusammen darüber hatten, das gemeinschaftliche Amüsement über diese Komödie der Irrungen, der eigentliche Anfang unserer später so herzlichen Freundschaft gewesen ist.

Die Himmel der Farbigen

I.
Sonnentage in den Vorstenlanden

Solo . . .

Die Natur ist von mütterlichster Verschwenderlaune . . . Übermäßig verwöhnt wird man, das ist die lautere Wahrheit! – Wir streifen überall umher; wir stehen auf der Brücke und spähen den schlammgrünen Fluß hinab; wir durchforschen die Chinesen- und Malaienstadt mit ihren unendlichen bunten »Tokos«. Am häufigsten flanieren wir auf dem Aloen-Aloen, dem breiten Wiesenplatz vor den Palasteingängen, wo farbigst berockte und behoste Menschenmassen allabendlich durcheinanderwogen.

Unter den Luftwurzeln gestutzter Waringinbäume, die wie eine Kette hingelagerter Elefanten vor kalkweiß flammenden Mauern den Horizont säumen, brutzelt der Reis; fahrende Garküchen schicken steile hellblaue Rauchsäulen empor. Ein Fußballwettspiel lockt Tausende an. Hofbeamte mit schwarzen Kegelmützen mischen sich unter das Stadtvolk. Gestikulierende Gruppen lassen die Hände sinken und verstummen: wir wandeln hindurch, von träumenden Blicken betastet. Bettler schicken gurgelnde Segenswünsche herüber. Wir wechseln ein paar Worte; wir streuen Kupfermünzen . . . und dann läßt der letzte frühe Scheidegruß der Sonne noch einmal die Initiale des erlauchten Herrschers, auf dem Wachtturm des Haupttores, aufblitzen wie brennendes Gold . . .

Im Stadtpark wohnt John, der Orang-Utan. Neunjährig, zieht er an seinem Stab umher wie ein bejahrter Agrarier. Er empfindet recht jugendlich; seine braunen Augen sind voll Schelmerei. Wir nehmen ihn zwischen uns und wandeln Hand in Hand. Wir behandeln ihn wie unseren Erbonkel. Die enormen Finger, die uns zerquetschen könnten, schließen sich mit seltsam sanftem Druck um die unseren. Wenn er unterwegs etwas bemerkt, was ihn interessiert, so zerrt er uns unnachgiebig zu der Stelle hin mit einer Kraft, die ihm beim Tauziehen mit Matrosen eine Prämie einbringen würde. Manchmal läßt er sich auch gleiten und schaukelt, von uns gestützt. – John ist unvergeßlich.

Und was sieht man noch! Rotäugige Paradieselstern, die einen endlosen One-Step tanzen; weiße Tukane, die unter der Last ihrer phantastischen Hornschnäbel ständig nach vorne purzeln ... Zwischen ihnen stolzieren andere Tropenvögel: unsere Hähne, die dies Land ihre Heimat nennen und entsprechend selbständiges Gebaren zur Schau tragen. Sie raufen, sie sind keck und fahren auf dich los: sie ziehn ihre halbmeterlangen Schillerschweife zuckend hinter sich her ...

Auf den labyrinthischen Basarstraßen brütet das steile Mittagslicht. Aus den zahllosen dämmrigen Holzverschlägen werden wir von Blicken beschossen. Allerorten, hinter den Waren, rührt sich das sanfte Spiel von Schultern, Brüsten und nackten Armen. Gruppen junger Weiber wühlen einander in gelösten blauschwarzen Flechten, batiken bedachtsam, nähen zierlich, schwatzen oder säugen. Zuweilen sind die ganz in dunkelblaues Tuch eingespannt, und im Hocksitz entblößen die Sarongs leuchtend helles Fleisch. Sie sind sich der eigenen beweglichen Körper bewußt wie Katzen. Ihre Gedanken, vom grellen Tageslicht ins Intime zurückgescheucht, wandern schlicht den Kreislauf zwischen Kopf und Schoß. So bekritteln und bewundern sie sich, seien sie nun unerschlossen oder früh-mütterlich ... Gepeitscht von Scherzworten, sind sie unschwer bereit zur Hingabe, um dann, als sei nichts geschehen, die kreischenden Vorwürfe erboster, eifersüchtiger Matronen gurrend zu entgiften ... Zwischen ihren drallen Knien turnt und spielt eine sorglose Jugend, deren Dasein den Zirkel endlich enger zieht und sie in abgrenzbare Familien spaltet ... Dies ist das »Volk«. – Denn in besseren Kasten ist man sehr korrekt.

*

An einem Mittag des Monats Oktober speisen wir beim »Hofbaumeister« Mijnheer Rademaker. Es sind hohe Gäste gekommen: der Regent von Nafi bei Madioen mit Frau und drei Töchtern. Es wird sehr viel gelächelt, weil man sich nur halb versteht, aber der braune Herr mit dem schwarzen Bärtchen auf der Oberlippe und den fröhlichen schwarzen Augen ermöglicht es durch mehr als weltmännische Intelligenz, ein fließendes Gespräch aufrechtzuerhalten. Es ist ein lustiges Durcheinander von Holländisch, Englisch und Deutsch. Ich halte mich an die Dame, sie spricht Englisch. Ihr feingeschnittenes Profil, ihre wachszarte hellbraune Haut, ihre riesigen prächtigen Augen, ihre feinmodellierte Nase – und auf der anderen Seite die 12–16jährigen Töchter mit blauschwarzen, üppigen, brillantgeschmückten Haarknoten sind Wunderwerke an Körpergestaltung – und neben dem Sekt, den der Gastgeber sprudeln läßt, eine Quelle tiefer Erbauung.

Zwischendurch flitzen die kleinen nacktfüßigen Dienerinnen hin und her, tragen ab mit scheuzitternden Fingern oder servieren. Der Regent steckt seinen Koran gutmütig in die Tasche, während er teilnimmt, und trinkt sich einen kleinen Schwips an. Sein melodisches Lachen dröhnt lauter. Auf einmal kommt ein blaugekleideter Hofbeamter und bringt ein Bastkörbchen mit Päckchen aus Bananenblättern. Man öffnet sie andächtig und ißt den Inhalt; dieses Opfer bringt man dem überfüllten Magen, weil der gegorene Reis darin, schwach nach Arrak duftend, ein Gruß Seiner Hoheit ist. Danach wird die Tafel aufgehoben und Musik bringt die Glieder in Tätigkeit.

Auf einem Piedestal steht ein vorsintflutlicher Phonograph mit einem riesigen Schalltrichter. Man holt 20jährige Platten hervor und spielt »Donauwellen« oder »Dollarprinzessin«. Die Platten sind vom Klima verbogen, und so dringt aus dem staubigen Trichterschlund ein aparter Lärm hervor. Der Regent von Nafi spitzt das Ohr und wiegt sich im Takt. Seine rehscheuen Töchter werden von meiner Frau herumgeschwenkt. Sie tanzen nacktfüßig und sind bei dem unbekannten Walzer um ihre winzigen Zehen besorgt. Es ist ein reizendes Bild, wie der Sarong um die schlanken Beine schlägt. Der Papa mit seinem kleinen Schwips gibt sich auf Zureden einen Ruck und tanzt mit. Ich glaube nicht, daß es oft vor mir einem Touristen gelungen ist, einen ehrenwerten javanischen Familienvater von hoher Geburt im Walzertakt sich wiegen zu sehen . . . In Sandalen, Kopftuch und mit dem etwas stieren Lächeln, das über die schweißtreibende Mühe hinwegtäuschen soll . . .

Sie empfehlen sich, die Leutchen aus altem Geblüt; man berührt feingegliederte Hände, lächelt im Wettbewerb, verbeugt sich und sagt sich atemlos-flüsternde Komplimente; dann schreiten sie schon den Gang hinab in den Vorgarten. Im Moment, wo sie uns verlassen, springt die Würde wieder hervor. Schön gemessenes Hüftenspiel, aufrecht getragene Oberkörper ... bis sie als schwarze Silhouetten in der Sonnenfülle und im Blättergrün draußen verschwinden.

*

Ich habe um eine Audienz eingegeben: beim Lehnsfürsten Mangkoenegoro, dem einzigen Herrscher, der sich außer dem dicken Susuhunan noch in Soerakarta einer Scheinfreiheit erfreuen darf ... Der Fürst, das weiß ich, hat diesen Brief schon vor Wochen erhalten.

Er ist auf Katzenpfoten durch die Kanzleien geschlichen; ich habe in meinem Gedächtnis alle Vokabeln der Burtonschen »Arabian Nights« aufgestöbert und mit dem Orientalen anzuknüpfen versucht auf eine Weise, die zwar orientalisch, aber offenbar weitaus zu höflich ist, um gerade ihm verständlich zu sein. Denn Mangkoenegoro ist von Europäern, die er zu sehen bekommt, also fast ausschließlich Holländern, an andere Behandlung gewöhnt.

Was er von europäischen Sitten kennt, ist vielleicht nur die etwas saloppe Bonhommie dieser Leute, die mit ihm umspringen wie fröhliche Krankenpfleger mit einem gutzahlenden Patienten. Ich habe ihm in korrektester Reihenfolge seine Titel zu kosten gegeben; habe einige nette gedrechselte Sätze gewunden, von denen ich annehmen kann, sie würden ihm behagen. Doch die Wirkung des Sendschreibens erlitt dadurch eine kleine Verzögerung, daß es auf englisch abgefaßt war. Ich kann kein Hollandsch und er kein Duitsch. So habe ich die neutrale Weltsprache benützt; doch das ist ein Fehler gewesen. Denn er kann auch kein Englisch und muß sich den auserlesenen Schrieb erst von seinem »Translateur« verdolmetschen lassen, dessen englische Kenntnisse sich vermutlich im höchstgezüchteten Pidgin bewegen.

Doch nach Überwindung dieser Schwierigkeiten geht nichts über die sonnige Hilfsbereitschaft, mit der der Secretaris der Residentie auf meine Wünsche eingeht. Wir werden im Auto von ihm zum Kraton des Mangkoenegoro befördert. Wir passieren eine Akazienallee, die in den Mauernkomplex einschneidet, mehrere Tore, in denen farbige Palastwache lungert, und gelangen in einen großen Hof. Er ist im Quadrat von flachen Bungalows umgeben, die in ihrer passiven Einförmigkeit Kasernenstil verraten. In der Mitte steht ein Gebäude, bis nach hinten offen, die übliche Empfangshalle.

Es geht ein paar Stufen hinauf. Von nackten Kindern und scheuem Volk belagert – (wie überall, auch hier eine Galerie verträumt- glotzender Menschheit) – sitzen im Winkel des Saales zwölf Musi- kanten an ihren Instrumenten – die Künstler des Gamelang- Orchesters.

Durch die Halle hindurch, ein paar weitere Stufen hinauf, treten wir auf eine Estrade, die an einen Salon gemahnt. Vergoldete Ba- rocksessel auf einem Teppich umringen einen Mahagonitisch. Hier läßt sich der Secretaris mit uns nieder, bis in unserem Rücken kur- zes vornehmes Türenquietschen und ein geisterleises Rauschen entsteht. Der Mangkoenegoro geht auf lautlosen Sandalen; so ist er, als wir herumschnellen und uns erheben, schon fast unter uns. Er ist mittelgroß. Seine Haut ist bleich bernsteinfarben. Er trägt einen hervorragend schönen Sarong, in blassem Ockerbraun und in Bleu malade gehalten, jener vertrackten Farbe müder Kultur; beides spielt ineinander in raffinierter, unauffälliger Ornamentik. Sein Kopftuch ist ebenfalls in dieser Art gebatikt. Die hochgeschlossene rohseidene Jacke mit übergeknöpften Reverszipfeln sowie sein kur- zer Hals geben der Gestalt etwas Fröstelndes. Er muß sich einem Besuch widmen, ach ja; ein Wunsch der Residentie ist hineingewo- ben in diese Angelegenheit; er muß so vieles und manchmal Schwerverständliches tun; das Privatleben eines Fürsten von Hol- lands Gnaden ist kein Spaß.

Nach Begrüßung des Secretaris reicht er uns seine wohlgeformte kühle Hand, an der ein großer Siegelring in Gesellschaft eines prachtvollen rosa Diamanten sitzt. Die Hand ist schlaff. Ich sehe mir seine Augen an. Sie sind groß und traurig. Und nun erkläre ich mir, warum er mir mit seinem diskreten Schritt, mit seinem Bleu malade und seiner wächsernen Blässe von so fragiler Liebenswürdigkeit erscheint –: Trotz runden Gesichtes und trotz gurrenden Lachens ist dies ein kranker Mann. Er ist nur der Schatten des robusten Lebens- konsumenten, der er sein könnte. Mir fällt allerhand ein, was ich vorher über ihn gehört: Er hat Zucker und leidet. Sein Humor bellt nicht; sein Gelächter perlt nicht wie das des Regenten von Nafi. Sein Witz geht auf Taubenfüßen, und seine Augen, blinkend schwarz, bleiben derweil reglos im Kranz bleigrauer Fältchen.

Mein guter Mangkoenegoro, ich verstehe dich, du hältst dich so wacker, reizender Wirt, den du spielst. Du versäumst keine Geste, du drehst dein flaches rundes Gesicht mit so reger Aufmerksamkeit von einem zum anderen, mit so beherrschter Anmut trotz kurzen Halses; du gestikulierst und gurrst . . . Unvergeßlich bist du mir.

Nachdem er ungefähr die Gesprächsrichtung ertastet, wird er ruhiger; die steife Haltung lockert sich, besonders auch, weil sein »politischer Krankenwärter«, der Secretaris, einen vertraulichen Ton mit ihm anschlägt, der ihm die Sicherheit stärkt. Er plaudert zwanglos.

Auch findet sich jetzt ein Jüngling ein, ein blondes aufgewecktes Gegenstück zu unserem brünetten Secretaris; wie ich bald merke, ist dieser bestellt, den Dolmetsch zu spielen für den Fall, daß Seine Hoheit und ich dauernd aneinander vorbeischerzen sollten, ohne uns ganz zu verstehen. Er braucht jedoch nicht einzuspringen und nichts zu vertuschen, denn ich vermeide jede politische Note im Gespräch wie heißes Eisen, obschon der Fürst offenbar danach schmachtet, einiges zu erfahren, was seine eigenste Person angeht. Außerdem erfolgt auf mein langsames und deutliches Deutsch eine ebenso gebremste holländische Replik, so daß wir uns selten mißverstehen. Er kraust die Stirn vor ehrlichem Verständigungstrieb.

Wir sprechen über javanische Kultur und Tradition, die mit allen Mitteln aufrechtzuerhalten seine philanthropisch-fürstliche Hauptsorge ist; wir erwähnen jenen Aristokratenbund, den Boedi-Oetomo, der die praktische Politik zähneknirschend auf sich beruhen läßt. Zur Illustrierung seiner Interessen wirft er auf altjavanisch ein paar Worte über die Schulter: dies hat zur Folge, daß zwei indigoblau uniformierte Diener mit stillen Gesichtern ihre Handflächen wie betend zusammenlegen und verschwinden; nach einer Weile kommen sie mit mächtigen Papierrollen zurück, die sie entfalten. Es sind schön ausgeführte Restaurierungsentwürfe der Prambanan-Tempel und der Ruinenfelder des Dieng-Plateaus.

Plötzlich zaubert man drunten in der Halle eine Stuhlreihe hervor und wir begeben uns hinunter. Die blauen Diener servieren Konfekt, Whisky-Soda in Deckelgläsern und Zigaretten in Silberkästchen, auf denen, en miniature, der heilige Nandi-Bulle hockt. In entsprechender Sitzordnung läßt man sich nieder, der kleine Aufpasser kommt ans Ende und wir rahmen Seine Hoheit ein. Der Secretaris hat seiner Pflicht genügt und geht. Und uns blüht eine Matinée ... ein Tanz dreier Serimpi-Tänzerinnen.

*

Der Fürst erklärt uns die dramatische Pointe der Sprechpantomime. Die 16–18jährigen Mädchen treten in Männerrollen auf. Der Inhalt der Darstellung ähnelt der Siegfried-Sage. Zuerst unterliegt »Hagen«. Dann salviert er wortreich seinen Kopf, schmeichelt sich aus seiner Niederlage heraus, und wird dann durch den verräterischen Knappen »Siegfrieds« von der Verwundbarkeit des Gegners unterrichtet. Mit gewöhnlichen Waffen sei dem nicht beizukommen. Infolge solcher Einflüsterungen nimmt »Hagen«, mit dem vom Diener kriechend eingeschmuggelten gefeiten Dolch, den Kampf wieder auf, siegt und häuft eine gute Dosis leiernd gesungenen und getanzten Hohns auf den Sterbenden. – Dies alles ist eine Leistung unerhörtester Tanzkunst und strengsten rituellen Stils.

Sie bewegen sich so gemessen, daß die straffen Brüste kaum zittern; der linke, steifgeknickte Arm (wie man ihn auch, stilisiert, bei allen Wajang-Kulit-Figurinen entdeckt) schwingt mit zurückgebogenen, spinnengliedrig tastenden Fingern das schleierähnliche Brusttuch, dessen Ende über die Fliesen zuckt. Es ist so befestigt, daß es bei jedem Schritt das feingedrechselte federnde Bein entblößt – einen langen, schöngewölbten Schenkel von mattblinkendem Goldbraun, sanftes Muskelspiel von Schulterblättern. Sie tragen knappe Schoßhößchen, die zum Vorschein kommen, wenn das breite Sarongtuch bis über die Hüfte emporwallt, und all dieses hat die Farbe Solos, Indigoblau ... Zuweilen, wenn sie bei ihrem Hohn- oder Demutstanz eine kurz wirbelnde Drehung vollführen, fliegt die Umhüllung radartig auseinander und zeigt das nackte Spiel angespannter Muskeln an Körpern, deren trainierte Vollkommenheit ans Märchenhafte grenzt.

Der rechte Arm mit bedeutsam vorgedrehtem Handteller unterstreicht den Gesang oder schwingt einen geflammten Kris (Dolch) in rund ausladenden Linien. Rhythmisch sinken sie nieder; rhythmisch erheben sie sich; in keiner Pose, sei es auch in der melancholischen am Boden sich windender Scham, vergißt der Körper seine

Kunst. Und die Musik, mit feinster Einfühlung, folgt jedem Wort, jedem Trotzschrei, jedem Jammer und jedem Jauchzen.

So zieht der schauervolle süße Reiz und die phantastische Bildhaftigkeit eines einzigartigen Szenenmärchens vorbei; nie werden Worte es erschöpfen. Dazu dröhnt, schollert, klimpert das Gamelang-Orchester; anschwellende und verhauchende Quintenfolgen; rasende Läufe auf dem Gambang (dem Metallplatten-Cembalo), vom dumpfen Takt murmelnder oder brutal gepaukter Gongs begleitet zu diesem stetigen, aufreizenden Rinnsal hoher Stimmen . . .

Das Gamelang hat eine Sprache für sich. Es sind Melodien, die sehnsüchtig danach stimmen, sie ganz zu verstehen. Etwas Halbgeborenes klagt darin, keimend Drängendes, als münde das Rätsel in den vorgeworfenen, weichbewegten Schoß jener gläsern leiernden, auf ihren Platz mit bebendem Körper wie gebannten Jungfrauen . . .

Draußen blendet weiße Sonne. Hier im Dämmer vollzieht sich das Drama, dessen Wurzeln tief im Indogermanischen ruhen und das nun hier eine seltsame Blüte treibt und entfaltet.

Nach etwa zwei Stunden, die der Fürst uns noch dadurch würzt, daß er uns seine Familien-Batikmuster (ähnlich den Kiltmustern schottischer Clans) in Mappen zeigt, auch die von seiner unbeschreiblich schönen Hauptfrau Ratu Timor verfertigten Wachsoriginale dazu, – beschließt das Drama und die drei Mädchen ziehen sich in wiegendem Tanzschritt, mit zusammengezogenen Schultern und rhythmisch bebenden Hüften zurück.

Der Takt fordert nun den Abschied.

Nach umfangreichen Liebenswürdigkeiten geht man auseinander. – Noch heute steht es mir vor Augen, wie der Mangkoenegoro sich von uns entfernt. Denn kurz bevor er in seine Gemächer verschwindet, dreht er sich noch einmal um; er fühlt sich erlöst . . .

Aber sein Lächeln ist wie weggeblasen. Sekundenlang erhasche ich seinen Ausdruck: – den eines kranken Mannes mit schlehenschwarzen, wie erblindeten Augen.

II.
Der »Zehnte Nagel der Welt«

»Regierende« Fürsten gibt es auf Java noch vier: In Djokjakarta den Sultan und den Fürsten Pakualam, in Soerakarta den »Susuhunan« von Solo und den Nebenfürsten Mangkoenegoro. Die praktische Ausübung ihrer Titel und Würden geht zwar nicht über den jeweiligen Palast hinaus, den man Kraton nennt; immerhin ist alles, was im Volk an Tradition lebendig ist, um diese vier Personen gewoben. An Wichtigkeit schreitet der Sultan von Solo voran; er ist auch der Beleibteste.

Wie erklärlich, buhlen sie alle um Konzessionen bei der holländischen Regierung, die ihren Ansprüchen und Stimmungen nur ein träges Ohr leiht. Ja, ich habe mir sagen lassen, daß sie im Grunde für Mijnheer keine größere Bedeutung haben als Wajang-Kulit-Menschen: Schattenfiguren. Der Holländer sperrt sie in ein Netz, in dem sie sich längst abgestrampelt haben wie schöne Perlmutterfische, denen einige Stunden Kiemenpumpen und Farbenschillern noch gegönnt sind ... Es geht mit ihnen zu Ende, das ist sicher. Einige Jahrzehnte lang dürfen sie noch farbige Blitze werfen. Dann ist es aus, mein Wort darauf; dann zieht der brutale Kaufmann das Netz ganz in die Sonne, und nichts bleibt von ihnen übrig als ein uraltes Rüchlein. Immerhin – in ihren vier Bienenkörben, hinter einem Labyrinth von Mauern, geht es einstweilen noch zu wie im 18. Jahrhundert. Kennt man jene Chinoiserien, auf denen phantastische Männchen vor kleinen Porzellanpotentaten Kniefälle üben? Man kommt in den Kraton, und die Zeit schläft ein ...

Ja, die Ansprüche dieser vier Herren, die einst so mächtig waren und das Leben ihrer bäuerlichen Untertanen mit einem Augenzwinkern vernichten konnten, sind langsam, aber sicher unter die Walze einer sparsamen und phantasielosen Bureaukratie geraten. Zwar gibt man dem Susuhunan eine fürstliche Apanage, 800 000 Gulden; will er aber sein Fürstentum in einer der verstaubt feiernden, rotgoldenen Kutschen befahren, so sagt es der Secretaris dem Assistent-Residenten, dieser gibt's dem Residenten, und dieser letzte bittet um eine genaue Detaillierung des Wohin und Wozu, die ihm sodann aus einer der mittelalterlichen Schreibstuben in zierlicher, javanischer Schrift verabfolgt wird.

Das ist aber noch nicht alles, denn will der gute Dicke einen schönen Diamanten oder einen europäischen Plüschsessel oder ein Grammophon erstehen (und er muß diese Dinge doch kraft seiner Sultanseigenschaft unbedingt in beliebigen Mengen haben dürfen!), so muß er den kleinen Wunsch durch die Kanzleien jagen, bis er in eingetrockneter schwarzer Tinte wohlverbucht vor die Nase des Residenten geschoben wird.

Dieser üppige Herr sitzt, von Schweiß ermattet, verärgert, in seinem Schaukelstuhl; vielleicht ist ihm eine Spekulation mißlungen, vielleicht hat er ein Gerstenkorn im Auge, kurz: der Susuhunan bekommt seinen Diamanten nicht. Denn über die vielen Gulden, die auf seiner Zivilliste stehen, muß der Sultan Rechenschaft ablegen bis zum Quartjes genau, und man kann sich vorstellen, wie sein östliches Naturell sich dagegen empört.

Wie oft ist er wohl, zitternd vor Wut, in einem Winkel seines Kratons gesessen und hat die fetten Fäuste geballt; die großen Kinderfäuste, die so prunkvoll geschmückt und doch so machtlos auf den gespreizten Knien ruhen! Wie? Er, der »zehnte Nagel der Welt«, sollte etwas nicht haben dürfen? – »Nein«, sagt der Resident im Schaukelstuhl, und schiebt die kaufmännische Unterlippe vor. Damit ist es erledigt, und das Herz unter den dreißig funkelnden Orden, das östliche Souveränen-Herz, schlägt schwer. Was an Selbstbeherrschung dort hinter den Mauern und bei Empfängen geleistet wird, übersteigt vielleicht unser Verständnis.

»Kraton« heißt der Stadtteil der Residenzstadt Solo auf Java, der ausschließlich für den Hof des Susuhunan (Sultan) reserviert ist. Vom Eingangstor zu den eigentlichen fürstlichen Wohngebäuden leuchtet die stolze Initiale: P. B. X., was soviel bedeutet als Pakoe Boewono X. oder »Der zehnte Nagel der Welt«. Es wäre immerhin ungünstig für die Welt, wollte man sie an diesen Nagel hängen. Der Nagel selbst fühlt sich der Sache entschieden gewachsen; das sieht man an seinem Gesichtsausdruck.

Darf man der farbigen Photographie seines »Hofporträtisten«, eines kernigen Bayern mit dem schönen Namen Tassilo Adam, glauben, so handelt es sich um mindestens zwei Zentner wabbligen Specks, durch relativ zierliches Knochengerüst gestützt und äußerlich ansehnlich, ja erfreulich gestaltet durch eine holländische Generalleutnants-Uniform (weiß-gold) oder Galatracht (violette Sammet-jacke mit höfischem Sarong). Ich sah ihn nur verschwommen durch Glasscheiben hindurch – da war er Generalleutnant. Aber Uniform und Rang vermögen nicht (trotz meiner wohlpräparierten Vor-kriegsphantasie), auch im entferntesten an Festlich-Militärisches zu gemahnen.

Im Gegenteil: diese steife Maskerade bekommt nur Sinn durch die inbrünstige Selbsteinschätzung Seiner Hoheit.

Wenn jemals schiere, nackte Dummheit sich verdichtet hat, so ist es in diesem dreifachen Kinn, das sich wie Kiemenspalten eines glotzäugigen Korallenfisches über den Schultertressen erhebt, – so ist es in diesem glatten Gesicht, darin das, was das Fett noch von Physiognomie übrigläßt, eingeritzt erscheint wie auf einer Mahago-nikugel. Die Brauenbögen sitzen sehr hoch; Faltenwülste steigen darüber in das chinesisch geschnittene Stutzhaar; der Mund hat die bekannte dümmlich-despotische Hufeisenform, von dünnem Bärt-chen geziert, und die Nase ist, trotz einer langen Vorfahrenkette, platt und plebejisch. Seine Finger sind von Ringen bedeckt.

Er ist eine Seltenheit, ein Bilderbuchkönig, eine Andersenfigur, ein runder lebendiger Anachronismus. Und da ich dies bedachte, hatte ich sofort den lebhaften Wunsch, mich in ihn und sein Milieu zu vertiefen. Lange Audienzen beim Sekretär, beim »Translateur« und vermutlich auch die Vermittlung unseres charmanten Freundes Raden M. P. Sosro Kartono, des javanischen Aristokraten, waren von Erfolg begleitet. So wurden wir an einem nicht offiziellen Tag (Freitag ist der offizielle »Cook-Betrieb«) in den Kraton gebeten. Wir wurden von keinem gelangweilten, kauenden Yankeejüngling ge-leitet, o nein: wir wurden – jawohl! – von einer Deputation von Prinzen zärtlich empfangen und eingeweiht . . .

Deputation ist ein starker Ausdruck. Immerhin waren es drei; Sprößlinge der kürzlich außerordentlich plötzlich abgeschiedenen Hauptfrau. Für diese ist Ersatz da: eine Schwester des Nebenfürsten Mangkoenegoro. Sie ist rassiges Edelblut und hat die schönsten Augen der Welt.

– Also diese drei Prinzen standen unter der Halle am Eingang und hielten die farbigen Palastsoldaten davon ab, uns lästig zu fal-len. Ihr Sprecher, der älteste Bruder, heißt Pangéran Soemoproto. Er kam uns entgegen und blickte lächelnd, mit schiefem Kopf, zu uns auf, wobei er sich in ganz bemerkenswert gutem Deutsch auszudrücken verstand. Er blickte nicht auf uns herab, und das hatte zwei Gründe: erstens seine turteltaubenhafte Gemütsbeschaffenheit, die ihn zu ununterbrochenem, freundlichem Gurren trieb, und zweitens sein Format. Ich habe noch nie einen so winzigen, knabenhaften Dreißiger gesehen . . .

Was seine Brüder betraf, so hatte der eine ein vergoldetes Gebiß, das infolge verkürzter Oberlippe hervorstand, wie das eines Nagers und schmales Gesicht mit Augendeckeln auf Halbmast. Er trug, wie Soemoproto, eine in schiefem Winkel geknöpfte, feingestreifte Seidenjacke mit breitem Revers, daran eine goldene Uhrkette baumelte, und Sarong. Der Jüngste aber, ein richtiger Durchgänger und 16jähriger Tausendsassa, Pangéran Djattikusumo, trug korrekte javanische Hoftracht, vielleicht, weil er im Laufe des Tages eine Audienz bei seinem Vater zu gewärtigen hatte; sein Oberkörper war nackt, ebenso seine Füße; sein im Gesäß gleich einem Cul-de-Paris in Falten aufgebauschter Sarong, braun und kobaltblau gebatikt, gab seinem Gang etwas Balzendes. Dieser Sarong wurde durch einen breiten Ledergürtel gehalten, aus dem ein diamantbesetzter Dolchgriff anheimelnd hervorguckte; an der Seite, an einem Kettchen, trug der Knabe noch ein kurzes Stoßschwert in massiv goldener Scheide. Er verstand, ungleich seinen Brüdern, keine europäische Sprache; aber uns zu begleiten ließ er sich nicht nehmen; bald war er vor, bald hinter uns, und zeigte seine prächtigen Zähne in unaufhörlicher Munterkeit. Er war so glücklich, vom »Dienst« erlöst zu sein, oder daß der »Dienst« heute die angenehme Form hatte, uns herumzuführen. Auch die anderen zwei gaben sich behäbig plaudernd dieser Ausgabe hin, ohne jede Übereilung, Gott bewahre.

Zunächst ging's an der Audienzhalle vorbei, die wir uns für zuletzt aufhoben, zum Waffenarsenal der Palasttruppe, die 500 Mann beträgt. Wieviel Leute es hier gibt, um die deutschen Mausermodelle von 76, die Pistolen, die Ehrensäbel, die Kavalleriepanzer und Offiziers-Galahelme vor Rost zu schützen, konnte ich nicht abschätzen; die Pflege ist rührend, überall putzt, scheuert und ölt man, und die drei Prinzlein vergessen, während Stolz sie bläht, einige Augenblicke lang auch ihr stereotypes Lächeln, als sie die Angebinde europäischer Herrscher zärtlich und demonstrativ befingern. Der gute

Potentat weiß es nicht – woher sollte er auch? – daß all dies saubere, obsolete Zeug mit einem einzigen Maschinengewehr in Schach zu halten wäre; zwischendurch gibt es Ehrensalven und Kavalleriespiele, Lanzenreiter-Tattoos auf dem Aloen-Aloen und phantastisch bunte Infanterieparaden, von seinen 500 Mann zu seiner Verdauungsförderung und zum jauchzenden Beifall seiner Völker bestritten...

Hieraus gerieten wir, Vorzugsbesuch, der wir nun einmal waren, in den Frauenteil des Kratons. Soemoproto betrat das Haus seiner Stiefmutter, der jetzigen rassigen Ratu, um die Erlaubnis zu erwirken, uns hineinzuführen. Hastiges Stimmengewirr erhob sich drinnen, dann Stille. Wir gelangten in einen Innenhof, in dem etwa zehn spärlich blaugewandete bildhübsche Jungfrauen in Gesellschaft höfisch lächelnder Matronen auf den farbigen Marmorfliesen Handarbeiten fertigten. Ich habe noch nie eine solche Breitseite schwarzer Augen erlebt... Man komplimentiert, man füllt die Luft mit blumenreichen Wendungen, hinsterbend eleganter Selbstauslöschung; und zwischendurch blickt man sich um. Der Innenhof ist mit einem Glasdach gedeckt, von dessen Mitte, in Mosaik, ein Sonnensymbol, umgeben von Wajang-Orang-Figurinen, herniederleuchtet. Die Säulen und Wände sind mit eingelegtem Holz geschmückt, schönem Rankenwerk. – Man verabschiedet sich; die Matronen lächeln wieder ihr allwissendes Lächeln; dies Lächeln geht die Reihe entlang, als würden ewig gebrauchsfertige Festkerzen nacheinander entzündet. – Ein ganz junges Ding mit Knospenbrust platzt tölpelhaft heraus; sie wird mit einem gemeinsamen Zischlaut der Sechzigjährigen in ihre Schranken gewiesen.

Weiter geht's durch ein Zickzack von Gäßchen, in denen nackte Kinder jeden Alters gruppenweise fliehen, die kleinsten durcheinanderpurzelnd, um uns aus Winkeln hervor mit ungeheuren Augen zu bespähen. Endlose offene Küchen mit murmelnden Frauen. Sie kochen auf kleinen Eisenöfen, zahllosen Feuerchen; sie batiken ernst. Unser jüngster Lausbub-Prinz hockt sich zuweilen blitzschnell hin, um ein Rendezvous zu beflüstern... Großes Kichern entsteht... Soemoproto lächelt duldsam...

Kleine Wege führen zu einer Miniatur-Hügellandschaft, in deren Tälchen Pavillons eingebaut sind. Verrostete Hofbeamte, trübäugig vor Alter, hocken zwischen steinernen Schildkröten und europäischem »Gartenschmuck«. Auf einer Wiese am Hang eines Hügelchens liegen farbige Glühbirnen, schön rot und blau wie Ostereier im Gras, offenbar für »italienische Nächte«. Das Innere dieser Lusthäuschen ist voll schlechter Magazinmöbel; zuweilen aber geschieht es, daß man beim Anblick irgendeiner verlorenen altjavanischen oder chinesischen Kostbarkeit fast erschrickt. So überraschend wirkt es, genau wie die goldenen Bäumchen in Silberkübeln, die im neuen Haus der Ratu stehen . . .

Dieser Neubau besteht aus mehreren wellblechgedeckten Hallen, deren spärliches Gebälk und Stützsäulen gerade mit Rot und Gold bepinselt werden. Sie sind so schön, in Blättermotiven, geschnitzt. Wo das Echte, Bodenständige obwaltet, gibt es eine derartige Fülle ornamentaler Einfälle, daß man mit der Schilderung Bände füllen könnte. Ein tragisch-rührender Moment; der kleine Djattikusumo ruft mich an eine Gruppe phantastisch scheußlicher giftblauer Plüschmöbel mit gepreßtem Bezug und Korkzieherbeinen aus Messing; er streichelt sie mit seiner kleinen braunen Hand und flüstert, das flache Knabengesicht beglückt erhoben, demütig stolz: »Grade von Berlin gekommen; aus Ihrer Heimat . . . Wunderschön, wie?«

Ich streichele ebenfalls den Plüsch und finde viele Worte der Bewunderung. An allen Wänden hängen hier Aufnahmen des »Zehnten Nagels der Welt«; sie zeigen ihn als fetten Knaben, als Kavallerieleutnant der holländisch-indischen Armee, als Prätendenten, schmal und nervös aus Furcht vor unbekömmlichen Ingredienzien in der täglichen Reistafel – –, und endlich als Arrivé, als gerettet, in allem Glanz der Orden und der drei Kinne. Zwischendurch hängen Wilson, Poincaré und Eduard an der Wand. Preußen fehlt; dafür gibt es die »Sultane« von Lippe-Schaumburg und Mecklenburg. Soemoproto weiß genau Bescheid.

Was ließe sich noch alles schildern aus dieser vielfach ummauerten Welt, wo die Zeit stockt! Wir wandeln durch Büros der Hofverwaltung, in der die Apanagenkasse und sonstigen verschollenen Zeremonienämter von Beamten versehen werden. Sie tragen schwarze Kegelmützen, sind halbnackt und hocken im Buddhasitz vor kleinen Pulten. Durch große Hornbrillen sehen sie uns voll schläfriger Neugier an; dann malen sie weiter an ihren winzigen javanischen Schriftzeichen, feine Kreislinien, Fähnchen und Punkte.

Es geht durch die Silber- und Geschirrkammern: Fabrikware, wenn auch imponierend durch die unerschöpfliche Fülle.

Vor dem Tor der Tanzhalle sitzen drei Matronen im Dienst. Sie bewachen das einzige Kind des Susuhunan aus seiner jetzigen Ehe; ein weißbehemdetes Prinzeßchen, das mit einem Weißbrotfladen an die Scheiben haut und kaut. Das vergeistigt-degenerierte Kind zeigt verlegen lächelnd kariöse Zähnchen, gibt Händchen und benimmt sich verwöhnt.

Wir steigen auf den »Wachtturm«, der einen Überblick über den Kraton ermöglicht. Wir sehen ein endloses Labyrinth von Palmen, weißen Mauern, Wellblechdächern, abgestuft geformt, und Pisangstauden. Über den Aloen-Aloen hinweg blicken wir in das asphaltierte Straßennetz Solos, in tropischem Grün ertrunken. Die Luft ist gläsern blau, von Schwalben durchschossen, und über dem Horizont schwebt der violette Schatten des Merapi.

Es gibt beim Abschied endloses Händeschütteln.

Die drei Prinzlein stehen noch am Eingang der Palastwache, während wir im Auto davonbrausen; bunt und pittoresk stehen sie da, und hinter ihnen, aus der Tiefe des Kratons, kommt das dumpfe Schluchzen der Gamelangpauken.

III.

Tänze

In meinem Gedächtnis haften drei polynesische Bilder: Eine Massenpantomime auf Tonga, zu Ehren des Königs Siaosi; – dann, im Schoß einer samoanischen Familie, der hohnvolle Triumph der Unmündigen über die Angst; – und endlich eine abseitige, alpdruckschwüle Zeremonie, wo man dem Tod das eigne Medusenhaupt entgegenhielt wie einen Schild.

1
Ballett auf Tonga

Er mag fünfundfünfzig Lenze zählen, der gute König Siaosi, den die Engländer »Peter« nennen und dem sie auf die gemästete Schulter, die seine Palmbeachjacke strafft, Freundschaftsklapse geben . . .

Und heute – im Juni 1914 – zählt er sechsundfünfzig, und das ist ein buntes, trommelndes, jauchzendes, mächtig entfaltetes Abenteuer, das schon wochenlang vorher auf den Tonga-Inseln mit festlichem Singsang umgeht und nun, Ende Juni, in Nukulaofa zum Austrag gebracht wird. Ob er selbst solchen Anteil nimmt, steht dahin, denn er ist ein phlegmatisch disponierter Souverän. Zum mindesten glaube ich, daß ich es auf meine Art genau so, und irgendwie intensiver, mitgenießen werde, daß er sechsundfünfzig wird.

Nukulaofa kommt nicht aus den Wellen hervorgekrochen mit einem Halbdutzend Hügelspitzen, sondern schwimmt auf den Wassern als schnurgerade Linie von Palmenhäuptern, als flacher Hain, der mit weitem Schwung seine Arme öffnet. Man gleitet an der rotbraunen Leiche eines gestrandeten Schiffes vorbei. Wir gehen an Land: da schlüpfen kleine gestreifte Eidechsen über die Wege, zwischen karminroten Sträuchern und faulenden Orangen, und schleppen ihre Schwänze davon wie gewellte Blitze aus grünblauen Funken. Die Leute sind schlank; ihre Stimmen sind hoch; sitzen sie zusammen, so gurrt es wie aus einem mächtigen Taubenschlag. Die ganze Insel ist von festlichen, heiteren, leisen Akkorden durchklungen.

Es kommt eine große Mauer und wir gehen zum Tor hinein. Gegenüber einer weißgetünchten anglikanischen Holzkirche mit Schnitzereien am Dach steht der Palast des Königs, ein geräumiges Bungalow und die doppelte Veranda samt ihren Stufen ist ganz von Zuschauern besetzt. In der Mitte auf einem vergoldeten Schaukelstuhl, feist, kurzhaarig, kupferfarben, sitzt der König in einem Kranz von Familienmitgliedern und Räten . . . Wir Weißen nehmen uns recht kümmerlich aus auf dem Hintergrund so strotzenden Prunkes.

Auf dem Rasenplatz vor der Kirche, hufeisenförmig, sind die Tänzer aufgestellt; eine Reihe von Männern und vor ihnen hocken die Schönen.

Dann beginnt der Tanz, eine Art stilisierten Naturballetts. Die Mädchen bleiben hocken und wippen mit hellen Fußsohlen zur Drehung ihrer Oberkörper, von Händeklatschen begleitet. Gleichzeitig regen sich die Männer: sie bohren die Hände in die Hüften und tun kriegerische Schritte im wiegenden Wechsel der Bewegung. Dazu singen sie in dunklen Stimmen; vor ihnen, wie ein Schleierfall, hängt der hellere Refrain der Mädchen.

In meinem Kopf beginnen die Orgeltöne weiter zu dröhnen; die Farben durcheinanderzufließen. Die ozeanische Brise ist entschlummert, die Sonne sticht; ein Duft liegt auf der Wiese wie ein Gas von entnervender Süße. Immer schneller geschehen die Ausfälle mit rechtwinklig gebeugtem Knie. Sie feuern sich an, »jach, jach« dazu keuchend. Ich sehe nichts, als diese Reihe rundlicher Mädchen, als diese Sammet- (!) und Seidenkleider, mit Bastmatten umwickelt; sie sind mit Blätterbüscheln und scharfriechenden Blumen bis an die Hälse besteckt wie Kühe bei malaiischen Hirtenfesten; flammende Buntheit ist's und rasselnder Takt von Fruchthülsenbündeln an fetten, nackten, kaffeebraunen Waden . . . Immer irrer, immer maschinenhafter wogen die Reihen vor meinen halbgeschlossenen Augen, bis sich zuletzt eine einzige Farbenwoge mit durchdringendem Gesamtschrei auf mich zu stürzen scheint . . .
»Ripping, what?« sagt jetzt ein Jüngling aus Aukland und handhabt in Seelenruhe seinen Kodak. – Dies gibt mich der Erde wieder.

»Malié!« ruft jetzt der Hauptsprecher Siaosis, ein Mann mit einer ungeheuren Cäsarennase, wie man sie bisweilen auch auf Fiji findet:

ein brauner Tiberius von zweihundertundfünfzig Pfund. Er wiederholt sein rauhes Beifallsgeschrei, so oft die Tanzfiguren wechseln. Der König jedoch im Rahmen der Tür auf seinem Paradesessel grunzt nur. Er lächelt zwar andauernd nach der Weise lackierter Schaukelpferde, doch in seiner Brust, die nackt und blautätowiert aus der offenen Jacke quillt, sitzt Mißbehagen. Das machen die vielen schwarzen Kästchen, die ständig in seiner Richtung gezückt werden. Später, nach Ablauf des Programms, erhebt er sich und gibt eine Art gutturalen Begrüßungstoastes von sich, der einem trillernden Gesang ohne Interpunktionen gleicht. Ich seh' ihn noch dastehn. Er tändelt mit seinem Roßschweifwedel; der goldene Schaukelstuhl hinter ihm pendelt sich aus, wie ein drolligbekräftigendes Nicken.

Dann kommen die Engländer hinzu, nennen ihn »Peter« und »jolly old fellow« und schleppen ihn zu einer obligaten Begießung seines Geburtstages davon, höchst unzeremoniell, mit Klapsen auf die gemästeten Schultern. Vielleicht wird er später, beim Whisky-Soda, sehr vergnügt, und vielleicht hat man ihm an demselben Abend noch einige Konzessionen abgehandelt . . . Das tiefe Kristallblau des ozeanischen Himmels dunkelt gemach herein, und im Zwielicht löst sich das Märchen leise auf.

2
Kinder gegen Dämonen

Es ist auf Sawaii, in Sasina, da nehme ich an der nächtlichen Unterhaltung einer samoanischen Familie teil.

Schon geraume Zeit sind zwei Kinder von acht bis zehn Jahren, ein Mädchen Lepeki und ein Junge Tiatia, in Streit geraten. Erst als dieser Zank seinen Höhepunkt erreicht, und sie als lebender Ball, aus dem scharfe Laute dringen, in den Lichtkreis der Lampe rollen, schenkt die plaudernde Runde dem Unwesen flüchtig Beachtung.

Zuerst geschieht dies nur aus Höflichkeit für mich, denn man selber fühlt sich nicht gestört: sind es doch nicht die eigenen Kinder! Elternlose kleine Bastarde sind das, die in den Dörfern aufgefüttert werden! Und Kinder sind ja überhaupt wenigstens in diesem Alter noch wie Hunde oder Fliegen! So vergibt man sich eigentlich etwas, wenn man sie bemerkt... Darum lächelt man wie entschuldigend hinterdrein. –

Doch man muß zu schärferen Mitteln greifen. Denn Lepeki beißt Tiatia in die Beine und dieser, wütend auf die strampelnden Glieder der Schwester einhauend, schreit tief mit Brustton:»Ui!!« mit einem »i«, das schneidend und zeternd die Nachtstille stört. So setzt sich denn auf einmal eine alte Großmutter in Positur und wendet ihre schielenden Augen drohend den Kindern zu, wobei sie mit blecherner Stimme spricht:

»Laupanīni ma Laupanāna!«

Verblüfft halten die Kleinen inne. Die Gesichter der Erwachsenen verziehen sich in phlegmatischem Vergnügen. Die instinkthafte Furcht vor den beiden warnenden Namen, die drohend und dunkel in der Luft hängen, lähmt die beiden Menschlein. Solche Silben erschafft die Natur, wie sie Schreckfarben an Tieren erzeugt. Und die schielende Großmutter greift in den Brunnen der eigenen Brust, gräbt darin mit kundigen Händen und läßt Geschehnisse entstehen, runenhaft raunend, gewaltig und naiv. Den Kindern stockt der Atem. Sie lauschen; ihre Seelen sind zu weißen Maulbeermatten geworden, auf die man die dunklen Pflanzenfarben eines Schreckmärleins pinselt. Ohne mir Mühe zu geben, versetze ich mich in die jungen Seelen, in den empfindlichen Schauder der fröhlichen Sonnenpflanzen, die man zu kurzer Strafe plötzlich mit Nacht umgibt. O Anhauch des Unerforschten, des kindlich Feindseligen, des ewig Schauerlichen!

Wie heißt der Schrecken?»Tulivaipupūla« heißt er; er wächst aus der Erzählung hervor; er setzt sich vor die Kinder und lächelt tückisch. Weit auseinanderstehende Augen hat er, halb geschlossen aus Behagen an seiner beklemmenden Macht. Er raschelt wie mit faulem Laub, er leuchtet von dumpfen Lichtern, er ist wie eine Regennacht im Unterholz: geheimnisvoll und gefräßig.

»Ha!« spricht die Alte.»Es gab ein Ehepaar! Und es hatte zwei Söhne! Laupanīni und Laupanāna! Die Eltern wollten in der Pflanzung arbeiten... Sie ermahnten die Söhne:»Laßt die Jalousien des Hauses herunter, so als ob niemand daheim wäre! Macht das Wasser an der Schöpfstelle nicht trüb! Brecht das Zuckerrohr hinter dem

Hause nicht ab!« Und dann gingen sie in den Busch auf die Taro-Plantage.

Was taten die beiden Knaben? Furchtbar ungezogen waren sie und ungehorsam! Sie sammelten die heruntergefallenen Blätter, sie machten die Jalousien auf, trübten das Wasser und raspelten Zuckerholz. Ha! Wer näherte sich da vom Walde her? Ein A-itu (böser Waldgeist)! –»Was macht ihr hier?« fragte er. –»Wir sitzen hier und machen nichts.« –»Wenn eure Eltern wiederkommen«, sagte er,»sollen sie mir meine Herkunft sagen; findet ihr's nicht heraus, dann schlachte ich euch alle.«

Die Eltern kamen zurück und sahen, daß die Söhne nicht gehorsam waren. –»Warum habt ihr nicht gehorcht?« – Sagten die Knaben:»Der A-itu Tulivaipupūla ist aus dem Wald gekommen«, und erzählten, was er ihnen gedroht habe. Die Eltern nahmen ihre Jungen vor und prügelten sie durch. Deren Beine zitterten, und sie liefen fort in die Richtung nach Mulisanūa. Die Eltern verfolgten sie, Tag und Nacht. Tag und Nacht. Noch auf der Straße packten sie sie und sangen das Klagelied:»Laupanīni und Laupanāna! Kommt doch wieder zu uns zurück! Taro bekommt ihr und warmen Yams! Fische erbeutet bei Fackellicht!«

Die Knaben sangen die Antwort:»Tafitopūa und Ogapūa! Geht euren Weg und kehret heim! Denn wir müssen nach Mulifanūa; müssen zum Teufel in Mulisanūa!« – –

Alle Erwachsenen in der Hütte klatschen in die Hände, um den Refrain zu singen, und trommeln auf die Matten. Die grausame Großmutter tut einen gemächlichen Zug aus ihrer langen Zigarette. Ihr linkes Auge ist starr auf die armen Sünder gerichtet; das rechte bohrt sich in die Dunkelheit. Hart und heiser hat sie ihr Verslein gesprochen. Nun spült sie sich die Kehle mit einem Schluck Kawa frei, denn der Napf wird wieder herumgetragen. Der arme kleine Tiatia muß ihn tragen; als er die schreckliche Sybille bedient, zittert seine Hand vor Schreck. Er sinkt zurück, und erbarmungslos mit Zischlauten fährt sie fort:

»Die Eltern gingen zurück. Sie konnten den Zauber nicht brechen und ließen die Kinder weiterziehen nach Mulifanūa. Dort wohnten sie mit dem Teufel zusammen. Er forderte sie auf, ihm den Kopf zu kraulen, und schlief ein. Er hatte so große fremdartige Läufe, daß sie drei Holzschüsseln damit füllten!

Da sprach Laupanāna:»Ich habe lange genug deinen Kopf gekratzt; nun bin ich durstig.« Der Teufel erwachte und fragte:»Warum weinst du?« –»Ich bin durstig.« – Da sagte der Teufel zu Laupanīni:»Klettere auf den Baum vor meinem Hause und hole Nüsse.« – Als der Junge raufkletterte, wuchs der Baum. Er kletterte den ganzen Tag und erreichte die Krone nicht. Erst abends erreichte er die Nüsse und warf sie herab. Er kam herunter, entfaserte sie und brachte sie ins Haus:»Trinke, Laupanāna!« – Dieser trank und trank, doch immer mehr Saft war in der Nuß.»Ich kann nicht mehr, ich platze!« – Der A-itu drohte:»Wenn du sie nicht austrinkst, mußt du sterben!« Als er sah, daß der Junge nicht mehr trinken konnte, löste er den Zauber, und die Nuß ward leer. Da sagte Laupanāna:»Nun bin ich hungrig!« Der Teufel sagte:»Kocht euch was auf dem Samoaofen!« Die Jungen gingen hin, machten Feuer, erhitzten Steine.»Mit welchen Blättern sollen wir den Ofen bedecken?« Der Teufel sagte:»Kämpft, wer stärker ist, wirft den Schwächeren über den Ofen.« Die beiden kämpften, und Laupanīni fiel auf die heißen Steine. Er wurde gebraten. Da sagte Laupanāna entrüstet zum Teufel:»Was hast du gemacht? Nun ist mein Bruder tot!«

Da fraß der Teufel den Laupanāna.« – –

Die Großmutter ist zu Ende und schnalze mit der Zunge. Lepeki beginnt zuerst zu weinen. Es ist ein elementares Schluchzen, das ihre Wangen und Nasenlöcher in Nässe badet. Was aber geschieht mit Tiatia?

Sein Grauen ist nicht geringer als das der Schwester. Doch er findet einen männlichen Ausweg, um es zu bekämpfen. Er steht auf und bohrt die Hände, zu Fäusten geballt, rechts und links des Nabels in sein rundes Bäuchlein. Die Angst erzeugt an ihm, in possierlichster Verkleinerung, das Bild eines erzürnten Mannes. Dann tut er kriegerische Schritte nach beiden Seiten, mit spitzwinklig gebeugtem Knie und völlig auswärtsgedrehten Füßen.

Gesten uralter Tänze bewegen seine Glieder, unbewußt mit der täppischen Grazie, die alles Junge, alles Tastende an sich trägt: so als lausche sein inneres Ohr fernen Kampfgesängen, dem Gestampf, dem Geklapper langer Reihen rhythmisch bewegter Männer. Ja, dies Herausstechen der Ellenbogen und diese nach innen verdrehten Handgelenkeū–: sind sie nicht Erbe heftiger Zeiten?

Sein Vorvätergeist zupft an ihm, läßt ihn agieren wie eine seltsame Schattenpuppe, wie einen kleinen Dämon, der plötzlich dem übersatten Friedensblut Seines Volkes entspringt: Ein Bild unausrottbaren, atavistischen Trotzes. So bekämpft er sein eigenes Grauen; so bekämpft er, tanzend und höhnend, schluchzend vor Angst und Wut, den mächtigen Schatten des Waldteufels und scheucht ihn zurück: und während sein kleiner Körper sich krümmt, strafft und bäumt, schreit er:»Puii!!« mit rundem Mund, runden Augen, runden Backen, und faucht dazu wie eine Katze.

3
Der Totentanz der Taupou von Safai

Denke ich daran, so ist mir, als vagiere mein Geist auf magischgefährlichem Pfad; als sei dies Erlebnis ein Wechselbalg erhitzter Phantasie. ū–ū–ū–

Es gibt heute noch die Institution der»Beerdigungsgilde« von Fasito-o. – Vor meinem innren Auge wandelt der schauerliche Vorgang beim Begräbnis der Dorfjungfrau Moga-Moga, des»Käfers«, noch einmal vorüber. Eine Kolik an verdorbenem Büchsenlachs hatte sie hinweggerafft. Die Missionare durften es nicht erfahren; und so hatte man sich die Ausübung der alten Sitte gleichsam stiebitzt. So ist sie noch auf die rechte Art ins Grab gekommen, die Dorfjungfrau, – und hat sich der *Sina* zugesellt in den Bergen . . .

Die Knaben haben die Beschneidungsriten seit zwei Wochen überstanden und die Tätowierung brennt noch frisch auf ihren Schenkeln. Sie ist vor drei Tagen eingeätzt worden, und sie spüren die Frühlingsfieber der Mannbarkeit.

Der»Käfer« liegt unter einer Matte; die Frisur ballt sich ihr wie ein Kissen unter dem Kopf.

Natürlich wollen die Knaben sehen, wie man sie wäscht; mehrmals hat man sie verjagt.

So halten sie sich bescheiden, stumm und ein wenig lüstern im Hintergrund; sie hören zu, wie man über die Tugenden der Verblichenen schwatzt. Weil sie immer zugegen sind, wo es wochenlange Kettenmahlzeiten gibt, haben sie dabei ein scharfes Auge auf die Schweine und Hühner . . . Vier Großmütter bedienen die Kawabowle; sie schlürfen gurgelnd der Rangfolge nach. Dann beginnen sie zu plärren, endlos auf- und niederwippend, in der weinerlichen Ekstase ihres Alters.

Den Knaben wird heiß und kalt: Nun geschieht etwas.

Es ist schwer zu sagen, was es ist; sie hören ein dumpfes taktmäßiges Geräusch, das näherkommt wie drückendes Verhängnis. Alle reden erregt und stellen die Richtung fest: ja, das ist die Ankunft der »Beerdigungsgilde«.

Die Knaben starren durch die Hüttenpfosten hindurch, die eine Schlucht von Grün umrahmen. Dort am Ende des Weges taucht ein Mann auf, ein zweiter, ein dritter, bis ein Zug von zwanzig Leuten sich entwickelt hat . . . Sie kommen langsam in Sicht.

Der Gesang der vier Großmütter erlischt zu einem dünnen Winseln; ihrer Trauerinbrunst ist das Mark entzogen. Der weiße Sandweg ist von den Schatten der Palmstämme gesprenkelt und gitterartig von Licht durchbrochen. Ein brauner Körper bewegt sich hindurch; zögernd und ruckweise. Ab und zu erblitzen Glanzlichter auf seiner Haut: sie ist geölt. Um seinen Hals starrt ein Kragen aus Haifischzähnen. Die Tätowierung strotzt unter dem Öl in sattem Blau. Er tanzt an der Spitze der anderen, die Maulbeermatten tragen; die Matten schwanken wechselnd bei der Arbeit der Hüften.

Die Weise, wie der Führer sie leitet, in gebändigtem Vortanz, der alle Muskeln erschüttert, ist das Höchste an animalischer Eitelkeit . . . schamlos naht er sich, unwiderstehlich, warm und widerlich: der Manaia von Fasito-o.

Er erreicht den Dorfplatz.

Die Hütte leert sich; die Knaben werden verscheucht mit den übrigen; denn die Worte des dumpfen Gesangs sind vernehmlich. Aber trotzdem wagen es die Knaben, kreuzbeinig hockend, und ein wenig lüstern aus einer der halbgeschlossenen Nebenhütten zu lugen.

Sie sehen den schimmernden Zug von Jünglingen um die Hütte wandeln, ihre Wünsche sind allein darin mit der toten Taupou...

Grüne Nüsse regnen draußen von der Palme in den Sand; der Manaia hat sie erklettert. Jetzt sitzt er wieder am Boden; seht ihr ihn? Er schreit im höchsten Falsett des Ärgers; er spaltet die Nüsse mit dem Hartholzstab und entfasert sie mit der Kraft der Leidenschaft; wie gut verstehen wir seinen Zorn, du tote Taupou! Wie unterfingst du dich, zu sterben, bevor du so leuchtendem Mannestum deinen Tribut entrichtet! Sieh, er speit nach dir, er verachtet dich; begreifst du das?

Du regst dich nicht. Die Nußmilch läuft dir übers Gesicht; du blinzelst nicht einmal. Du verschläfst deine tiefste Schande. Deine Sippschaft ist gewichen, sie wurde zur Erde, Baum und Strauch. Du kennst keine andere Verwandtschaft mehr; der Manaia mag sich heiser schreien! –

Nun spüren die Knaben ein festliches Verlangen nach den Hühnern und stehlen sich herüber.

Die andern folgen ihnen, und bald ist die Hütte wieder voll. Sie schmausen gebackene Bananen und Hühner, doch den Knaben quillt der Bissen im Mund. Sie staunen ihr Idol an: die tote Moga-Moga.

Man hat sie geschmückt und aufgesetzt. Sie sitzt am Mittelpfosten, kreuzbeinig; die Hände, voll von Schildpattringen, ruhen im Schoß. Ihr Haar steht wie ein Dach vom Kopfe ab. Auf ihm lastet ein Bambusgestell, der Aufsatz der Braut... Quasten roter Federn schwanken daran, weinroter Flaum, gerupft aus den Brüsten von Honigsaugern. Ockergelbe und schwarze Maulbeermatten umbauschen ihre Hüften.

Der Manaia erhebt sich; zwei Jünglinge greifen ihr unter die Schultern. Und das Fabelhafte, das Bejubelte geschieht: die Taupou steht auf.

Man singt leiernd und leise; man pocht und trommelt. Die Taupou stolpert ein wenig; man muß ihr helfen. Sie fällt fast der Länge nach hin, doch man ergreift sie sicher.

Sie ist nicht lustig; sie scheint nicht aufgelegt zum Tanzen, denn ihr Kopf, mit einer schleudernden Bewegung, wirft den Turm aus Bambus voll Unmut nach vorn. Sie tut einen ungeschickten Schritt über die eirunden Steine, die die Hütte umrahmen. Draußen angelangt, fällt sie dem Manaia in die Arme, fällt sie auf ein Polster warmer Muskeln, an das Herz des keuchenden Lebens. Der Manaia umfaßt sie und macht zuckende Schritte; das Gefolge gliedert sich an.

Der Takt des Siwa wird wilder.

Kaum streift sie den Boden mehr; ihre Füße fahren rhythmisch durch die Luft. Gellende Verse lohnen ihr; es dröhnt:»Mali'e, Mali'e!«

Ihre Muschelketten klirren, ihre Mattenröcke rascheln; ihre Glieder baumeln und schlenkern... Der Manaia schwenkt sie herum. Sie wirbelt in der Flamme seiner tierischen Kraft dahin wie eine bunte Puppe von fremdem Blut, fremdem Puls wild belebend getroffen... Es ist, als ob sie ein ärmliches letztes Mal nach Wärme giere, von Sehnsuchtspein nach dem allzufrüh und schändlich geraubten Leben geschüttelt, nun sie sengende Sonne um sich spürt und blendendes Grün; als ob es sie noch einmal nach Licht verlange, nach Gastereien, Nachtgesprächen, Umarmungen und tiefen Atemzügen bis hinauf in ein leidloses Alter. –ū– So tanzt sie ihren letzten Tanz, die Dorfjungfrau Moga-Moga, nach schrillem, hoffnungslosem, verzücktem Takt; *so tanzt die Taupou von Safai ihren Totentanz.*

IV.
Negertheater

Was ich mir vorstelle, als ich auf der anderen Seite des Felsmassivs der Columbia-Universität nach der Ostseite niedersteige, ist ungefähr folgendes: »Ich werde also in einer Loge ersten Ranges Platz nehmen. Selbstverständlich wird man mich ungeheuer aufmerksam bedienen; ich werde Mittel- und Brennpunkt des schwarzen Interesses sein. Man wird mir meine Gebärden ablauschen und sie kopieren ... Schmolle ich über das Dargebotene, so wird man reihenweise geknickt sein und ebenfalls mit Beifall kargen. Jauchze ich auf, so wird man mitjauchzen. Ich werde sozusagen Erfolg oder Mißerfolg in der Tasche haben, je nachdem ich mich benehme.« So denke ich in meiner Harmlosigkeit, doch es soll anders kommen.

Ich trete in ein Theater ein, das sich in nichts, aber auch in gar nichts von einem anderen Theater in New York unterscheidet. Ein betreßter, in überreiche Livree eingekleideter Afrikaner, der durch jede Bewegung unangebrachten Kraftüberschuß verrät, nimmt mir das Billett ab mit einem Lächeln, das einen weiten Horizont elfenbeinerner Zähne erschließt, und öffnet mir das Türchen zur Loge. Liebenswürdige Bereitwilligkeit, mild gemischt mit Erpichtheit auf ein Trinkgeld, spricht aus seinem Gehaben. Er gleicht durchaus einem weißen Bruder in Livree. Ich nehme auf einem Samtsesselchen Platz innerhalb rokokohafter Ornamentik, bei der man mit farbigem Glasmosaik und zahllosen Spiegelchen ein erschütterndes Übriges getan.

Das ist mein prunkvolles Gehäuse. Ich kann das Theaterchen bequem überschauen. Das Rokoko wird zuweilen, so an den Stützsäulen der Ränge, wild, schier bedrohlich ausladend; selten noch habe ich so viel Vergoldung auf einem Haufen gesehen. Überall blühen diese Weinbergschnecken und zerfließenden Austern in Stuck. –

Die ersten Parkettreihen sind aus eitel Samt. An der Decke befinden sich Putten von weißer Hautfarbe; sie prunken dort mit vielen rosigen Rundungen und purzeln durch einen hellblauen Himmel. Abraham Lincoln oder Augustus Washington also, so oft sie ihre Köpfe zurücklegen, müssen die zartesten Träume, die verwegensten Appetite ihrer dunklen Seelen erfüllt sehen, und das Wasser muß ihnen im Mund zusammenlaufen.

Noch ist das Parkett leer, aber allmählich füllt es sich. Ausschließlich nur Neger tröpfeln herein, in allen Schattierungen, vom nächtlichsten Schwarz bis zur hellsten Schokoladenfarbe. In Familien kommen sie oder einzeln. Diese Einzelgänger sind meistens Herren, und dann besonders elegant. Die Damen kommen nie allein. Entweder sie kommen zu dritt, als entschlossene Phalanx vorgewölbter Fischbeinpanzer, wehrhaft und etwas verdrossen – oder sie kommen in Begleitung eines Familienvaters, der sich enormer Kinnbacken erfreut, und unter dessen mächtigen Handtellern ein trautes Familienleben wohl gedeihen mag. Kinder sind auch dabei, langschädelige Dinger mit ausladenden Hinterköpfen, von denen – im weiblichen Fall – zwei starre Zöpfchen nach Art von Rattenschwänzen, an den Enden mit farbigen Schleifen geschmückt, hinwegwimpeln ... Zuweilen ist die Frisur der kleinen Mädchen noch kunstvoller, ganz durchflochten von Bändern. Handelt es sich um kubanische oder sonstwie westindische Typen, so ist es kein durchsichtiger Astrachanpelz mehr, sondern ein prächtig und seidig-schwarzes Haardach, das die scheuen Gesichter wie eine dunkle Folie umrahmt und bei jeder zuckenden Vogelbewegung der dünnen Hälse wellenartig schwankt.

Die jungen Mädchen (ich meine die weiblichen Wesen zwischen dreizehn und siebzehn, die noch Spuren von Jungfräulichkeit zeigen) unterscheiden sich von den jungen Frauen höchstens durch einen kleinen Grad anspruchsloser Verdutztheit ihrer rollenden Augen; was Üppigkeit anbelangt, wo man sie vermuten darf, so sind sie durchaus ähnlich ausgestattet.

Jetzt aber zur Hauptsache, zu den Toiletten! Habe ich nicht schon viele Abendgesellschaften mitgemacht, in reichen, schier vornehmen Umgebungen? Dies aber stellt alles in den Schatten. Eine derartig hemmungslos entfesselte Pracht hätte ich nie für möglich gehalten! Nie wäre mir in meinen lüsternsten Träumen die Vorstellung von so reicher Fülle an Seide, Samt, Brokat, Atlas, Spitzen und Crêpe de Chine gekommen! Und nicht bloß die energische Wahl der Stoffe ist's, die diese dunklen Schönheiten so unvergeßlich hebt und ins rechte Licht setzt. Es sind die Farben! Hat je Himmelblau mit

Rosa, je Nilgrün mit Orangerot eine so befriedigende und restlose Hochzeit gefeiert? – Auch die Ausstattungen der Herren sind mir zum Teil neu und überraschend. Wenn eine Maus sich unter die Sitzreihen verirren würde, um in Aussichten zu schwelgen, so sähe sie folgendes: angeschmiegt an strotzenden Waden in Florseide oder weißer Wolle sähe sie aus karrierten Hosenbeinen Plattfüße in Lackschuhen hervorsprießen, bekleidet mit weißen oder gelben Gamaschen; sie würde unter Umständen sogar noch grasgrüne Socken ahnen dürfen, sowie deren plötzliches um so eleganteres Ende in der Mitte eines behaarten Schienbeines . . . – Die Brustkasten der Herren werden von seidenen Hemden umschmeichelt. Bei Krawatten muß jeder Schilderungsversuch in einem schwachen Seufzer ersticken. Je näher bei der Bühne, desto häufiger sieht man Frack und Smoking. Solche Harmonie in Schwarz-Weiß wirkt direkt erschütternd, wenn ein strahlender Hemdeinsatz durch eine klaffende Ritze ventiliert wird. Was auf den hintersten Sitzreihen und auf der Galerie sich drängt, ist farbloser, jedoch desto lauter. Du siehst vorn die besitzende Klasse, und im Parterre Dienstboten, Laufburschen, Eisenbahnschaffner, Kellner und Liftboys. Im tiefsten Hintergrund hocken die Bau- und Hafenarbeiter. Aber dort wird es so schwarz, daß sich aus der Finsternis nur noch wenige Konturen hervorheben.

Sehr bald finde ich heraus, daß es sich um sehr gut erzogenes Publikum handelt. Ich sehe zwar eine Menge von flüssigen Augenpaaren unter wulstig emporgeschobener Stirnhaut zu mir hinausspähen, doch ist diese Betrachtung sehr diskret abgleitend und verstohlen. Auf jeden Fall vollkommen kritiklos. Ich bin da; Punktum also. Das schwarze Element hat zwar das Oberwasser, aber das Benehmen jedes einzelnen scheint beherrscht von dem atavistischen Respekt, der dem Individuum lähmend im Blute sitzt. Mit weißen Leuten, wie mit mir, läßt sich immerhin Kirschen essen. Das schwarze Oberwasser trotz seiner drückenden Masse fühlt sich nicht als solches; fühlt sich geduldet. Das ganze Haus fühlt sich von mir geduldet. Es ist wie ein Stall voll treuer Doggen. Ich tue ja auch nichts, ich will ja auch nur meinen kleinen Spaß, genau wie sie alle. Wir haben ein gemeinsames Interesse, das kuppelt uns aneinander für zwei Stunden, und so wird es zwischen uns zu keinen Mißverständnissen kommen. Ich, die »Bürde des schwarzen Mannes«, bin hier flaumleicht für ihn, vielleicht fast eine Pikanterie. Der schwarze Mann lächelt, er fühlt sich schattenhaft geschmeichelt. Alles fühlt sich schattenhaft geschmeichelt, auch das Orchester, dessen Dirigent mir mit dem rechten Augendeckel zublinzelt. Noch schwatzt das Haus; es ist erfüllt vom Gurren babbelnder, aufgeworfener Lippen; von spitzen Aufschreien in die Schenkel gekniffener Schönen; vom Geschwätz dieser von der Erwartung köstlicher Unterhaltung durchbebten kindlichen Menge . . .

Nichts ist melodischer als das gedämpfte Plaudern in Schach gehaltener Nigger. Sie haben so sanfte Stimmen, die Guten. Ihre dicken Zungen reden ein so drolliges Englisch. Und wenn sie einen Witz, nach einer halben Minute vielleicht ganz begreifen, so reißen sie die Kinnladen aus und lachen krachend . . . Lachen mit vielen kleinen hilflosen Schluchztönen, die hinterdrein perlen; aus allen Öffnungen ihrer Gesichter platzt ihnen das Gelächter; sie fahren dabei mit den Armen wie mit Mühlenflügeln durch die Luft; sie schnellen die Knie bis unter das Kinn; sie tanzen voll Begeisterung und bleiben dennoch am Platz . . . Es ist eine herrliche Ursprünglichkeit, von der dies dunkle Fleisch unter all der Maskerade durchtobt wird. Man fühlt mit ihnen; sie möchten sich am liebsten alles vom Leibe reißen, fühlt man, und den ganzen Saal in die Stätte einer Orgie von grölender Begeisterung verwandeln. Doch an diesem Punkte kommen Hemmungen.

Sie sind zivilisiert, sind amerikanische Bürger. Stark beleckt sind sie von der Zunge einer Kultur, die vielleicht ihren Großvätern noch als harte Bürste gegen den Strich ging. Aber die dritte Generation dieser verpflanzten Menschheit hat sich in der Gewalt. Sie belassen es deshalb bei Ansätzen solch unterbewußter Regungen. Ihre Heiterkeit überschreitet deshalb nicht wesentlich die Begeisterung einer weißen Menge, wenn »Charlie« sie zu Lachstürmen peitscht.

Nun verdunkelt sich das Theater, und das Publikum versinkt in die Tiefe. Die Kapelle fängt an, ihren Jazz auf mich loszulassen. Gedämpft beleuchtet sitzen die Musikanten in ihrer Rokokomuschel und schwingen mit Gorillaarmen filzumwickelte Klöppel. Es donnert dumpf und weich. Kalbfell dröhnt. Pikkoloflöten winseln. Blech keucht. Es stachelt auf. Der Rhythmus bleibt immer derselbe; ebenso die Klangfigur, und so wird das Motiv, ein brünstiges Urwaldmotiv, ausgedroschen, bis die Pulse fliegen, und der Schweiß die tadellosen Frackhemden in klatschende Lappen verwandelt. Aber das vollzieht sich nicht sofort, das ist der natürliche Prozeß im Laufe des Abends. Nachdem dieser Jazztumult vorbei ist, geht – ratsch! – der Vorhang in die Höhe (was für ein Vorhang! Die Statue der Freiheit mit ihrer Sternenkrone und ihrer Fackel füllt ihn von oben bis unten!) – und nun sehen wir eine Bühne, die gar nichts Phantastisches an sich hat. –

Es ist doch merkwürdig, daß die Alltagsumgebung für ein Negergehirn als Anregung vollständig genügt. Vielleicht ist das, was sie täglich sehen, immer noch vom Schimmer einer höheren Welt, von einer »Sternenkrone« für sie umwoben.

Denn wir sehen eine New-Yorker Durchschnittsstraße. An einer Ecke steht eine ziegelrote Baptistenkirche, jene dürrste Schöpfung menschlicher Entsagungsinbrunst, von der anderen Ecke grinst uns die weiße Öde eines »Child's« Restaurants entgegen; an der dritten bemerken wir einen »Saloon« und an der vierten einen »Drug-Store«. Dies also ist die Kulisse. Und nun nahen sich von links und von rechts Tänzer und Tänzerin.

Die Kapelle versüßt sich. Sie spielt volkstümliche Weisen von Irving Berlin, dem ostjüdischen Vater des Foxtrotts, dem Klassiker des Grammophons. Die »Bananen« sind noch nicht erfunden, man hat aber dafür ähnlichen Schmalz, gleich zugkräftig. Außer der typischen Tanzmusik gibt es Volkslieder. Nichts ist schöner als ein Heimwehlied, aus einem Negerherzen quellend. Entsetzlich ist so ein Negerheimweh. Es wirkt unwiderstehlich auf die Tränendrüsen. Irgendwo im Süden (so heißt es gewöhnlich in diesen Liedern) sitzt eine alte Mutter, untrennbar verbunden mit der Vorstellung unendlicher Baumwolle und dicker buttertriefender Maiskolben; sie wartet auf ihren Sohn. Der Sohn ist im Osten in den großen Städten und hat es dort schauderhaft schlecht. Alabama und Karolina, die Südstaaten, sind noch irgendwo symbolisch, sind vielleicht nur Ausdrucksform für das verlorene Paradies der Lagos-Küste. Es hat sich seitdem ja so wenig an der Struktur dieser Seelen geändert.

Während ich dies denke, hat auf der Bühne ein Pärchen allmählich seine erstaunlichen Gliederverrenkungen und Schuhsohlenkünste erledigt. Ein ungelenker Joseph, kunstvoll stolpernd, versucht sich aus dem Bannbereich einer farbenprahlenden Potiphar herauszuwinden; es gelingt ihm nicht. Nie hat er den Zylinder eingebüßt, obwohl es zehnmal so aussah; immer hat er ihn wieder erwischt, trotz größter Angst vor ihrem saugenden Blick. Ebenso, trotz wirbelnder Akrobatik sind ihm Handschuhe und Stöckchen stets treu geblieben. Sie verständigt ihn mit gutturalen Versen, die er in melodischem Tenor aufkreischend angstvoll ablehnt, von ihrer restlosen Unterwerfung unter jede seiner Launen; und so führen sie zusammen noch einen raschelnden Step auf, der sich in Schleifen über die ganze Bühne windet und von einer Exaktheit ist, die man sonst nur von feingearbeiteten Maschinen verlangen kann.

Pause. Es wird hell. Großes Trampeln und Geräusch aneinanderpatschender Handteller erhebt sich. Doch dies war noch nichts Besonderes, jeder rechtschaffene afrikanische Jüngling fühlt sich imstande es nachzumachen. Dann poltert die Kapelle wieder los mit Blech und Kalbfell.

Und nun kommt das Drama. Die Akteure stellten, was Natürlichkeit des Spiels und Geschlossenheit der Mimik betrifft, viele weiße Kollegen in den Schatten. Spielen sie doch nicht nur: nein, sie erleben. Es handelt sich um einen alten Mann, der von einem Farmbesitzer seiner Farbe schwer bedrängt und übers Ohr gehauen wird. Wie hilft er sich? Er schließt einen Pakt mit dem Teufel. Der Teufel verspricht, ihm alle Wünsche zu erfüllen und ihn reich zu machen. Zu den ersten und dringendsten Wünschen gehört natürlich das Begehren, jenen schikanösen Farmbesitzer um die Ecke zu bringen. Der Teufel fackelt auch nicht lange. Er ist ganz in prächtiges Rot gekleidet, mit großen Ziegenhörnern. Durchaus unverkennbar. Wäre er weniger erkennbar, so würde die Negerseele sich graulen. Da er aber auf zehn Meilen als Teufel erkennbar ist, so wissen selbst die Kinder im Parkett, mit wem sie es zu tun haben, und daß er nur dank des Entgegenkommens der Theaterdirektion eine Stunde lang seiner Natur folgen darf. Im übrigen hat unser Heiland Jesus Christus, wie sie ganz bestimmt wissen, auf alle Fälle die Oberhand.

Der Alte hat ausgemacht, daß er nur dreimal mit den Fingern zu schnalzen und zu rufen braucht: »Come on, Red«, und sofort funktioniert der Böse unter starker Rauchentwicklung. Die gurgelnden Angstschreie des abgewürgten Farmbesitzers sind erschütternd und befriedigen das Gerechtigkeitsgefühl derartig, daß sich spontaner Beifall erhebt und seine kolossale Leiche vom Publikum aus mit Spott beworfen wird. Ernüchternd erscheinen zwei Polizisten auf dem Plan und verhaften den Alten. Er protestiert eine Viertelstunde lang: er sei es nicht gewesen. In einem Seitenmonolog ins Orchester hinein beruhigt er sich selbst jedoch durch die Möglichkeit des dreimaligen Fingerschnalzens, das ihm aus jeder Bredouille heraushelfen werde, und läßt sich abführen.

Die letzte Szene zeigt den Hinrichtungsraum mit dem elektrischen Stuhl. Alles ist nagelneu und modern. Der Alte wird hereingeschleppt. In seiner Angst klappert sein Gebiß daß man es bis auf die Galerie hinauf hört. Die Beamten bleiben steinern. Bevor sie ihn auf den Stuhl schnallen, bittet er winselnd um die Gefälligkeit, mit den Fingern schnalzen zu dürfen.

Es wird ihm gewährt. Er schnalzt dreimal. Nichts passiert.

Er wechselt die Farbe. Er wird von der bengalischen Beleuchtung mit einem verwesenden Grün überschüttet, das sich scheußlich realistisch ausnimmt. Und immer krampfhafter schnalzend und heiser dabei brüllend:»Come on, Red; come on, Red«, tanzt er umher. Endlich hat man ihn fest. Doch als der Beamte auf den Kontakt drückt, geschieht eine große Explosion. Eine Rauchwolke steigt auf, füllt die ganze Bühne, und als die Rauchwolke sich verzieht, sitzt der alte Nigger wieder wie zu Anfang des Stückes in einem Schaukelstuhl vor seinem Bungalow und hat die ganze Geschichte nur geträumt.

Der Beifall rauscht frenetisch. Während der großen Geräuschwelle, die den Schluß der Vorstellung krönt, habe ich eine Minute lang Zeit, mich in das Phänomen dieses zivilisierten Naturvolkes zu versenken.

Wo auf der ganzen Welt gibt es etwas Ähnliches? Wo finden wir die elementaren Triebe einer uns völlig fremden Rasse unter die unseren gemengt, einer Rasse, die neben uns, mit uns, zwischen uns haust, verdient, hochzeitet, begräbt, trinkt und tanzt? Die unsere Gebärden bis zur Vollendung kopiert und sich unserer Gewohnheiten bedient, wie eines schlau eingeschalteten Bettschirms, hinter dem sie sich in ursprünglicher Munterkeit fortzeugt und vermehrt? Und wie herrlich: nach diesem Hineintappenwollen in unsere verzwickte Tradition die bescheiden erschrockene Geste der Umkehr, des Zurücklauschens in die Heimat ihrer Sinne; die alte Natursichtigkeit! – Aus dem tobenden Beifall des unter mir wogenden Publikums höre ich noch ganz andere Klänge heraus: den dumpfen Schall von Signaltrommeln, das Echo von Raubtierschreien und den großen Trotz, der sich den Schatten ländergroßer Forste entgegenstemmt und sie mit der flackernden Beschwörung einsamer Feuer bannt. Ich sauge für einen Moment den seltsamen Negerdunst in die Nüstern. Unzerstörbar kriecht er unter all den stechenden Parfüms hervor wie ein Hauch tierischer Freiheit, die geknebelt ist. Aus diesem vergoldeten Gehäuse, aus diesem schlechten schimmernden Großstadtkäfig klagen gefesselte Triebe. Sie haben es nicht schön, die Guten, trotz der Statue der Freiheit. Es ist Dressur, mit ein wenig Verdutztheit, ein wenig unbewußter Trauer gemischt.

Wie rührend ist die Sucht nach grellen Schmuck! Ja, es ist sogar echter Schmuck; sie dürfen verdienen. Man läßt sie untereinander in Ruhe, man beschenkt sie mit staatsbürgerlichen Gesetzen, aber das eine, was sie wirklich brauchen: den Anteilschein an uns Weißen und die großen Wälder gibt man ihnen nicht. Ihren Horizont verbaut man mit Wolkenkratzern, und die Wälder sägt man ihnen vor der Nase ab!

Aber Jesus senkt seine lichten Hände noch auf den trübsten dieser Wollköpfe.

Das gelbe Kuckucks-Ei

Es gibt eine Kriechpflanze mythischer Art. Den Norden hat sie übersponnen und ausgesogen; dahin wendet sie sich nicht. Ihre Tentakeln tasten nach Süden; dort wittert sie nahrhafte Erde. Von Malakka aus, wo sie ihre Wurzeln fest einsenkte, schickt sie eine Kette von Ablegern, in denen der Saft des Mutterstammes pulst, hinüber in den Sunda-Archipel. Tausendfach verästelt, immer bohrend, immer tastend, – und auf einmal, unvermerkt, in triumphalem Besitz weiten Gebietesü–: Das ist China.

Ganz durchsetzt hat es hier in Java und in Süd-Sumatra den Boden. In den fruchtbaren Schoß des Inselvolkes hat es seinen Samen gesenkt; in den Masken der Freundschaft erscheint es. Mit leisen schlanken Händen streichelt es das zerfurchte Antlitz des Ackerbauern. Es streckt Geld und Waren vor; mit unauffälligem Wucher plündert es den kindlichen, ungeschickten Malaien. Die Chinesen können sparen und halten zusammen, bis in die sechsfache Verwandtschaft hinein. Der kleinste Kuli hat keine Schwierigkeit, einen Kramladen zu etablieren, sofern er imstande ist, eine sagenhafte Beziehung, angeheirateterweise, zu einem zweifelhaften Schwipp-Schwager des erlauchten Quick-Bok-Aij nachzuweisen; sofort eröffnet sich ihm ein kleines Kreditkonto. –

Und ihre Stärke? – Das wissen die Geister ihrer Ahnen, die unerbittlich mitwandern und streng wachen. In jedes Falschspiel hinein streckt ein erboster Urgroßvater seinen moralischen Pferdefuß; einen Opiumrausch verballhornt er und mahnt zur Pflicht und Selbstvervollkommnung. Und ist die Heimat des Javanen ein Zuckerrohrdach, ein Feld, ein Mundvoll Sirih . . . die des Chinesen ist der Ahnenschrein und das unablässige, klirrende Hamstern von Silber . . . So kommt es recht häufig vor, daß einzelne Mongolen recht rund und mächtig werden, und diese ziehen dem wutschnaubenden Mijnheer Jahr für Jahr ein gewaltiges Kapital unter der Nase fort. Und ich wage die Prophezeiung, daß dermaleinst nicht *dieser*, der Holländer, die Inseln erben wird, sondern ein Indo von mongolischem Typ.

Den letzteren sieht man zuweilen – den akklimatisierten *braunen* Chinesen mit einem kräftigen Spritzer Malaienblut; doch das ist unterste Kaste, Plebs, Füllsel; die Rikscha-Kulis in Britisch-Hinterindien rekrutieren sich daraus. Einstweilen bleibt also dies Mischlingsprodukt noch im Hintergrund.

Viel häufiger sind die quittengelben, kleinen, geschäftigen Krämer, die zuweilen durch ebenso emsig betriebene Laster das gespensterhafte Aussehen an Drähten bewegter Leichen gewinnen. Verfeinert und ausgemergelt, hantieren sie in ihren lautlosen Schacherhöhlen. Ihre Gesichter sind ausdruckslos wie Eierschalen; nur beim Mah-Yong oder sonstigem Glücksspiel verändern sich die Mienen und sie kreischen im Diskant; Silben schleudernd wie Vögel. Wenn sie handeln, lassen sie einen großen Strom lallenden Pidgins los. Ihre Frauen, die in jeder Altersstufe schwarze Hosen tragen und Kattunjacken, erscheinen zuweilen in den Haustüren. Sind sie älteren Jahrgangs, so fällt es auf, welche Würde sie erübrigen trotz der Hosen und der sirih-schwarzen Stockzähne, mit denen sie dich hinter dämmriger Ladentheke hervor anlächeln. Sind sie jung, dann sind sie schlankhüftig, haben etwas prinzlich Knabenhaftes, etwas Unverwöhntes ... Die Leiber, wie aus Elfenbein gedrechselt, verraten zurückzuckende Keuschheit in jeder unbewußten Bewegung. Doch unter der kühlen Schale glimmt der Zunder verstohlener Begierde wie ein Brand im Kohlenflöz.

Wir wandeln das enge Schattenband einer Basarstraße entlang. In eine offene Haustür von vergoldetem Schnitzwerk schiebt sich ein junges Weib. Ihre kurzen Lippen öffnen sich, als sie meiner Frau ansichtig wird; verblüfft starren die weich-geschlitzten purpurbraunen Augen ... So steht die junge schmalhüftige Person geblendet von unklarer Andacht; die Knie beben in den schwarzseidenen Hosen; unter dem straff zusammengekämmten Haar zittern die Ohrdiamanten, und die Knospenbrüste werden von beklommenem Atem geschwellt. Wir fühlen die intensive Betrachtung und wenden uns ihr lächelnd zu. Vergebens! – Sie lächelt nicht zurück! – Kein noch so schwaches Grübchen zeigt sich auf ihren Wangen, auf denen, wie auf einem Osterei, ein hochroter Klecks von Schminke blüht! – Wie ein Geist so schnell taucht sie ins Dunkel; kaum hört man das Klappen der Pantöffelchen ...

Überall haben sie sich eingeschmuggelt und eingenistet. Und was ist der Grund, der es ihnen gestattet, sich so lautlos durchzusetzen und diese enorme, stetig wachsende Konkurrenzmauer gegen Europa zu errichten? – Es ist die Kontrolle des Hirns über die Triebe.

Sie zerlegen die Weißglut ihrer Sinnlichkeit ins Spektrum; sie treten *neben sich* selbst. Sie übersetzen den Trieb ins Produktive: – in Kunst, Rhythmus, Lebensführung, Geschäft. Gerade zum letzten gehört Phantasie. Und der Endzweck ist nicht das Nabelbeschauen, dem ihr Glücksgott fröhnt, sondern eine künstliche, eine selbstgeschaffene Welt. Er ist ein Protest gegen die wirkliche Welt, deren Rauheiten wir amerikanisierten Europäer in unserer egozentrischen Eingeklemmtheit so jämmerlich unterliegen, weil wir vergessen haben, wie man Dinge beseelt. Der Chinese kann das noch.

Der träumt seine Gedanken in Wasserfarben aufs Papier; in raffinierten Schmelzen auf die Vase. Der ironisiert die eigene Lebensangst mit einem Popanz und malt ihn höllisch an. Was wir mit dem billigen Ausdruck:»menschliche Schwächen« abtun, die Dämonenhorde der eigenen Brust, wird so entgiftet; und für den Akkord endlichen Gleichmaßes hat er seine Madonna: die mondene Kwannon.

Ich habe Appetit, die Bekanntschaft mit einem javanischen Chinesen zu machen. Mein guter Freund, der Raden M. P. Sosro Kartono, äußert hierauf die Absicht, uns einen besonders feisten Hecht im malaiischen Karpfenteich vorzuführen, einen Zuckerchinesen, einen schillernden Nabob, schläfrig, schlau und schwer zu überrumpeln. Die Absicht mißlingt leider, weil Seine Wohlhabenheit Quick-Bok-Aij sich soeben nach Soerabaja begeben haben, zu einer Revision von Dero prosperierenden Spekulationen. Immerhin lernen wir sein Milieu kennen und den vorhandenen männlichen Teil seiner ehrenwerten Familie. –

Von unserem vornehmen javanischen Freund eskortiert, betreten wir einen Palast aus weißem Marmor. Unwillkürlich macht man sich dabei etwas dünn zwischen den Zerberussen in Treppenhöhe, Kreuzungen, wenn man so will, zwischen Drachen und einer Sorte satanischer Pudel, und ganz aus Bronze. In der Vorhalle, auf einem Obsidiansockel, steht ein mannshohes bronzenes Räuchergefäß, um welches sich zwei geifernde Reptilien heraldisch schlängeln. Ihre Augen sind aus Gold; der Hausherr hat es dazu. – Im Innern des großen Marmorkastens hört man das Schnalzen der Tschitschaks

(Hauseidechsen) und Klappern von Billardbällen. Irgendwie gemahnt das ganze an »Nervenheilanstalt« mit all dem Marmor, der Lautlosigkeit und der Zeit, die sich wie ein dicker Filz auf die Seele legt . . .

»Er kommt«, sagt auf einmal Kartono. – Richtig: man hört das Rascheln zurückgeworfener Glasperlenschnüre, und nun erscheint eine blasierte Persönlichkeit mit Hornbrille, die auf den ersten Blick einem amerikanischen Studenten ähnelt und beim zweiten einem Wallstreet-Broker; ich taxiere sein Alter auf fünfundzwanzig bis fünfundfünfzig. Auch das silbenschleifende Englisch gemahnt daran. Er hat keine Spur von Bartanflug, glanzloses schwarzes Stutzhaar und runde Frauenhände. Der weiße gestärkte Tropenanzug umgibt ihn wie ein Panzer. Offenbar ist er soeben ächzend hineingestiegen. An den nackten Füßen trägt er Lacksandalen.

»Man müsse entschuldigen«, sagt er guttural. »Sein Vater werde untröstlich sein.« Dies an Kartonos Adresse und in einem Tonfall, der immerhin Hoffnung schöpfen läßt, sein Vater werde den Schmerz überwinden.

Seine geschwollenen Lider zittern über der Hornbrille, oft entsteht und vergeht jenes asiatische Lächeln, das jede Frage im voraus einölt. Er errät, daß ich Schriftsteller sei; er sagt mir Verbindlichkeiten, als ich es gestehe; auch er habe ehrenwerte Freunde dieses Berufes; sei es nicht ein schöner Beruf? – Er stelle sich gern zur Verfügung für den Fall, daß ich seine jämmerlich mangelhaften Kenntnisse beanspruchen wolle . . . Und so gesteht er mir denn allerlei über die chinesische Kapitalmacht hierzulande, über die Finanzierung der kleinen Kulis, die in sechs Jahren dicke Importeure sind, über die chinesischen Banken und über die ungeheuren Werte, die nicht nach Europa abfließen, sondern im Schoß der 400 Millionen im Mutterlande spurlos versickern; doch als ich die Frage stelle, ob das große gelbe Kuckucksei nicht schon drauf und dran sei, das holländische Kapital aus dem Nest herauszudrücken, und wie es sich mit der ungeheuren Spannung verhalte, die dies ganze verfilzte Interessensystem von Osten und Westen her in diesem Weltwinkel erzeugen müsse, und mit der Möglichkeit einer baldigen allgemeinen Explosion? – da werden die Phrasen, mit denen der vorsichtige Kapitalist mich abspeist, plötzlich bemerkenswert nichtssagend.

Vielleicht behindert ihn die Gegenwart des Javanen; vielleicht will er sich nicht beim Wort genommen wissen. Kurz: ich bekomme nicht mehr Information aus ihm heraus, als ich nicht auch in »Het Niews van den Dag« zwischen den Zeilen lesen kann.

Doch ich sehe mir während des Gespräches die beiden Köpfe an: das goldbraune feine Profil Kartonos, und jenes fette fahlweiße Gesicht mit der doppelt-maskierenden Hornbrille, und denke mir im stillen: »Ihr täuscht mich nicht. Zu guter Letzt vertragt ihr euch glänzend, *auf unsere, des Westens, Kosten!*«

Nach Darreichung kalten Tees in papierdünnen Tassen hält es der chinesische Fatty Arbuckle nunmehr angebracht, meiner Neugier mit harmlos-neutralem Stoff zu begegnen und mit den Worten: »Father's collection of curios« ins Innere zu bitten. In Gulden ist das, was es zu sehen gibt, kaum umzurechnen. Ein Hauch von Raffketum jedoch liegt lediglich auf den Gegenständen, bei deren Erwerb Herrn Quick-Bok-Aijs westliche Orientierung versagt hat; So auf einem saftigen Porzellangrüppchen von Warenhauscharakter, einer galvanischen Unbekömmlichkeit im Stile Berliner »Herrschaftshäuser«, oder auf einem marmornen Tiger, der sich in verschiedenen Ausgaben wiederholt. Jedes Möbel ist ein Märchendschungel von penibelstem Schnitzwerk. Da ist ein kompletter Tempel aus Elfenbein. Eine ausgehöhlte Elfenbeinkugel enthält einen Miniatur-Buddha. Von den Nephrit-Kameen, von den Jade-Ketten, dem ganzen bric-à-brac, den traumhaft ineinanderrieselnden Schmelzfarben der Keramik schweige ich lieber, um dem Neid, der mir noch nachträglich aufsteigt, keine neue Nahrung zu geben.

Nach dem Billardzimmer, wo einige verdutzte Knaben ihre Queues bei unserem Durchmarsch sinken lassen und mächtig hinter uns dreinlächeln, tut sich der letzte Raum der mittleren Zimmerflucht auf. Dies ist das Herz des Hauses, ein ständiges Gastgemach für Dauerpensionäre, hier hausen die *Familienahnen*. Es ist ein weihevoller Moment.

Das Gemach ist kahl, mit einfach gestrichenen Wänden und hohen Klappfenstern. An der Hinterwand erhebt sich auf gebauchten Beinen ein sehr hoher schwarzlackierter Schrank. Vor ihm steht ein schmales Altärchen mit Puppenstubengeschirr: symbolische Opfergaben. Das Reizendste aber befindet sich rechts und links vom Altar: unter Glasbehältern je eine Musikantengruppe von sorgsamster Naturtreue und hinreißender Schelmerei. Sie scheinen in voller Tätigkeit, jeder mit seinem Instrument beschäftigt und begeistert von dem Schwebetanz brokatener kleiner Damen, deren blauseidene Pluderhöschen sich blähen.

Der blasierte Mann mit der Hornbrille grunzt nur kurz, als er unser Entzücken sieht. Dann öffnet er die Flügeltür des Schreines. Er tut es langsam; trotzdem tasten wir fast nach einer Stütze wie Kinder, die zum erstenmal den brennenden Christbaum sehen.

So nachtschwarz, so unscheinbar er von außen wirkt, zeigt der Schrein innen eine überrumpelnde Pracht. Vor Wänden aus strahlendem Goldlack türmen sich kleinere Schreine, unfaßbar mannigfach geschnitzt voller Vögel, Fledermäuschen und Ranken, und in diesen Kästerchen stehen die rotlackierten, mit goldenen Schriftzeichen dicht bedeckten Ahnentafeln. In der Mitte, im roten Dunkel, unter einem prächtig ausgesparten Baldachin, thront ein Bhodisat in der Geste des Lehrens. Sein goldener Körper scheint zu atmen, und sein ferner Blick, aus dem roten Dunkel der Kontemplation hervor, geht durch uns hindurch wie durch Glas. – Kurz ist unser Blick in diese Wunderwelt der chinesischen Seele, denn abermals leise grunzend schließt der fette Mann die Tür wieder ab, und alles erlischt hinter eifersüchtiger Schwärze.

Jetzt ist der Augenblick des Abschieds da, um seine Höflichkeit nicht zu ermüden. Er begleitet uns hinaus, gibt uns weiche Händedrücke und watschelt darauf in seine Privatgemächer zurück, wahrscheinlich, um mit seinem Erzeuger nach Soerabaja drahtlose Zwiesprache zu halten oder sich auch vielleicht, nach Entledigung des Leinenpanzers, in süßem Rauschqualm zu begraben . . .

Versetze ich mich im Geiste in jenes Ahnengemach, so kommt mir unabweisbar die Vorstellung, daß jene höchst lebendigen Püppchen in ihren Glaskästen leise quäken, winseln und musizieren, in der schläfrigen Stille dieses Hauses, und als öffne sich verstohlen der Ahnenschrein und im rotgoldenen Dunkel rühre sich der lächelnde Bhodisat und strecke langsam und segnend mit fächerhaft gespreizter Hand seinen Arm hervor – so langsam und verstohlen, wie dies nur ein Holzbild kann.

Inselwälder

I.
»Tui-Ma-Tui«
oder Der Mythos von der Sina

Tafitofau und Ogafau, ein Ehepaar in Samoa, hatten zehn Söhne namens Tui und eine Tochter, die Sina hieß. Sie saßen eines Tages beisammen und eine Möwe kam zu ihnen geflogen. Das Mädchen sah den Vogel zuerst. Sofort wollte sie ihn haben. Die Möwe, so hatte sie geträumt, sei ein verwunschener Häuptlingssohn, der für sie bestimmt sei. Sie forderte ihre Brüder auf, die Möwe zu fangen. Hierauf machten sich die zehn Brüder auf die Suche.

Sina saß im Hause, als ihre Brüder fort waren, fühlte sich einsam, da jene so lange wegblieben und rief nach ihnen in den Wald hinein: »Tui, Tui, Tui!«

Daraufhin stellte sich ein fremder Mensch ein und sprach: »Auch ich heiße Tui.« Er hieß aber Tui-le-tafoe und war ein Waldgeist. Er vergewaltigte die Sina.

Als es Abend wurde, kamen die zehn Brüder wieder. Der Älteste kam zuerst und sah einen fremden Menschen im Schoß der Schwester ruhen. Hierauf sang er ein Klagelied: »Komm Mädchen, Sina komm, komm Mädchen Sina, komm, es schreit Dein Gatte nach Dir! Wir sind gesprungen, wir sind geklettert; hier nimm den Vogel und hüte ihn gut! Denn flieht er wieder, so droht uns Mühe, und droht von neuem der Suche Qual!«

Die Antwort der Sina lautete: »Ach Bruder Tui, komm schnell ins Haus; ruf alle Brüder, spring' mir zu Hilfe! Denn ach, ein falscher verwegener Tui hat mich umgarnt und in Leid gestürzt!«

Darauf kamen die neun Brüder aus dem Busch und jeder einzelne sang die Frage; jedem erwiderte sie das gleiche Klagelied. Der jüngste Bruder sah, daß der Geist im tiefsten Schlafe lag; da wagte er sich ins Haus und band dessen lange Haare am Mittelpfosten fest. Dann führte er die Schwester heraus. Und sie gingen alle in den Wald.

Da erwachte der Geist. Er versuchte sich loszumachen in seiner Wut, da er die Jungfrau nicht fand; aber es half ihm nichts. Er stieß so lange mit dem Kopf an den Pfosten bis er starb.

Die Möwe aber war zum schönen Häuptlingssohn geworden und Sina heiratete ihn im Haus der Brüder.

Mitten aus den Wäldern hervor, aus einem schwer betretbaren Innental, blinkt ein eirunder Kraterring zum wechselvollen Himmel empor; ein Becher, darinnen die Tränenfülle schneller Gewitter schäumt; ein smaragdenes Auge, weit geöffnet, dessen Wimpernkranz aus Palmenfiedern die Sonne köstlich filtert: – der Träumsee Lo-otanu-u ... An einer kleinen Lichtung, die von den Tellerblättern großer Schlingpflanzen völlig übersponnen ist, raste ich und mein Blick verliert sich in das Liebesspiel sammetschwarzer Schwalbenschwänze. – Auf einmal höre ich einen merkwürdigen, einsamen Ton; es klingt wie »tui, tui«, vielleicht siebenmal, dann bricht es seltsam wehmütig ab ... Und die Sage von *Sina* fällt mir ein.

Es gibt einen Vogel, der hoch in den Kronen der Banjanbäume sitzt, wenn die sinkende Sonne die Wand des Urwaldes vergoldet; nie ist dieser Vogel sichtbar; kaum weiß man von ihm die Federfarbe oder Gestalt ... Man kennt nur seinen langgezogenen Pfiff, der tief beginnt und anderthalb Oktaven hinaufklettert, um in einem Ton zu enden, der in Hoffnungslosigkeit verschwebt ... Dieser selbe Pfiff wiederholt sich noch, wenn die Dämmerung in Nacht übergeht; und je dunkler es wird, je wilder, zackiger, grundloser die Welt am Fuße des Baumes, desto trostloser spinnt sich diese zehnfache Folge von fragenden Pfiffen fort, um zu schwarzer Stunde in umgekehrter Tonfolge melodisch zu ersterben. Jedem der langgezogenen Pfiffe folgt noch ein »Zuk, zuk, zuk«, wie Herzschläge des unsichtbaren Vogels.

Ist es überhaupt ein Vogel? Ist es nicht der Geist der überquellenden Schöpfung selbst? Ist sein Pfiff nicht ein Laut der Qual über das sinnlose Aufeinanderstapeln tastender Kletterstränge, zitternder Blätter, sprossender Stengel, aufgähnender Kronen? Oder ist es der Laut schwermütiger Gier dieser Mauern von glatten Stämmen nach Lust und Licht? Ist es der Seufzer der Überbürdeten unter dem Übermaß, unter dem funkelnden, triefenden Allzuviel? – –

Am Rande der Insel, in der Nähe der geräuschvollen menschlichen Niederlassungen, ist der einsame Pfiff kaum zu hören; aber Meilen drinnen im Inland, wo rohgezimmerte, längst verlassene Regenhütten an verwilderten Pflanzungen liegen, erwacht er an verlassener Stätte, geboren von dieser ungeheuren Pflanzenverwesung. Und die sieben braunen Brüder, mit dem Namen Tui, die murmelnd um ein Bastfeuer sitzen, fühlen die ungeheure Stille, die ungesellig um sie heranschwillt; fühlen die Nähe der Hügelkämme, die noch keines Menschen Fuß betrat. Seit die Schatten fielen, spüren sie eine dunstig brauende Geschäftigkeit, und sie blasen ins Feuer, daß es nicht erlischt.

Der Pfiff, dem sie lauschen, lähmt ihre Lider. Wie verzaubert sind sie. Sie sehnen sich nach der Schwester; irgendwoher tönt es »Tui, Tui!« Das ist der Ruf der Sina. Es ist ein Hilferuf. Ein verworrenes Geschehnis vollzieht sich; ein mystisches Verbrechen wird begangen am reinen Stamm; und hilflos sehen sie sich an, in Irrsal verstrickt und beschämt. Denn sie sind abgesperrt von der klagenden Schwester.

In diesem Augenblick sitzt Sina jenseits all der Klüfte und Schluchten, hinter nebelnassen Kulissen, unerreichbar. Die Brüder wissen, wie gefährlich der Weg zu ihr ist. Denn diese Schluchten sind übersponnen von herzförmigen Blättertellern, und jedes Blatt ist tückisch und lügt. Es zeigt breite Form und lädt den Fuß: »Tritt getrost auf mich!« Doch unter ihm lauern tückische Spalten; schwärt grundloser Moder.

Das *Häßliche* lauert darunter. Das Zweideutige, Lebensfeindliche lüftet die grüne Decke und lugt hervor. Denn der Spuk der Dämmerung geht um und der Waldgeist, der falsche Tui, hat sich losgekettet und geht um. – »Schweige, Sina!« rufen die zehn echten Tui in ihrer Angst, »schweige, du Einsame in der Hütte, denn sonst lockst du den Bösen auf deine Fährte! Schweige und harre aus! Sobald wir können, sind wir bei dir und bringen dir die Möwe! Wir sind Schluchten hinauf- und Schluchten hinabgeklettert; wir haben sie für dich gefangen! Bald sind wir bei dir!«

Doch weiter tönt der schwermütige Ruf . . . Ist er fern? Ist er nah? Angst ergreift die Verirrten vor dem großen Rätsel. Lauter, lauter tönt der Ruf; er zerrt an ihren zehn ratlosen Herzen und schließlich dröhnt er darin wie die hölzerne Alarmtrommel, wenn man sie jäh in der Schlafstille rührt. Sie betrachten die perlmutterglänzende Möwe, die gefesselt in ihrer Mitte liegt und in deren beerenschwarzen Augen sich ihre dunklen Gesichter spiegeln: vom Gesicht des schlankschultrigen Jüngsten an, der noch keine Tätowierung trägt, bis zu dem Ältesten, dem rostrotes Haar die Wange umrahmt. Plötzlich geschieht ein Windstoß, und alles ist schwarz. Halbverkohltes Reisig glüht, und die Möwe bebt.

Sie denken:»O Möwe, Du schöner Häuptlingssohn! – Noch Tagereisen haben wir zu wandern. Schritt nach Schritt haben wir zu klettern, und die Sohlen werden uns zu Horn auf der spitzen Lava! Pflanzenunmut wird unsere Schultern gerben! Verhungere uns nicht, du schöner Seevogel; willst du dich noch kurze Zeit begnügen mit Waldtaubenspeise? Silberbrüstige Sehnsucht der Sina unserer Schwester, halte aus, bis wir dich zu ihr gebracht!« Der Vogel zuckt und krächzt leise.

Doch sie ahnen noch nicht, daß zur selben Stunde der falsche Tui, der Waldgeist, schon in der Hütte der Schwester weilt, mit Beerenketten behangen und in bunte Maulbeermatten gehüllt, die verführerisch rascheln; daß er lacht und gurrt; daß er zu ihr spricht:»Auch ich heiße Tui . . .« Er hat die zehn in sich zusammengezogen und strahlt ihre einfachen Seelen aus. Er trägt Puablüten hinter dem Ohr und blaue Ringe an den Handgelenken. Er spricht die Sprache der Brüder, und Sina ist verzaubert. Sie weist ihn nicht seines Weges. Da haucht Tui-le-tafoe sie fremdartig an und betastet sie. Zu spät klingt ihr Hilfeschrei . . . – – – Ein Mond wechselt, und endlich kommen die Brüder aus dem Busch zurück. Der Jüngste knebelt den Schlafenden: häßlich wird dessen Farbe, wie die toten Gesteins. Und mit der zerrütteten Stirn hämmert er an den Pfosten bis er stirbt . . . Die Möwe aber flattert silbern in Sinas Schoß; das Blut wird geläutert und die Mühsal des Verlangens kommt zu ihrem Recht . . .

Dies ist das Ende jenes verschollenen Geschehens. Doch wenn man den Ruf des unsichtbaren Vogels hört, so scheint es noch ein Hilfeschrei, scheint noch unvollendet; und im Laufe der Zeiten steht die Angst der Sina unablässig wieder auf in zahllosen Geschlechtern, deren Muttergrund ihr Schoß war. Das Echo ihres Rufes lebt weiter in dem einsamen kummervollen Pfiff, denn so uralt ist die Angst vor der Einsamkeit, die all diese Inselbewohner in sich tragen, daß sie jetzt noch, wenn sie den Vogelpfiff hören, das Haupt verstecken und das Feuer nicht verlöschen lassen.

Ich merke plötzlich, daß die Dämmerung angebrochen und daß es höchste Zeit ist, mich auf den Rückweg zu machen. Tastend schreite ich vorwärts. Ich komme an Tanumalēto vorbei, hinter Vailima ...

Da plötzlich beginnt der Regen. – Schon am Strand, als ich aufbrach, hatte es ein kurzes Pladdern gegeben, ein schnelles Herabzischen weißer Tropfen. Flugs hatte sie die Sonne aufgeküßt. Denn dort unten ist sie mächtig.

Aber hier oben wird ihr die Herrschaft gekündigt. Die krausen Wipfel greifen nach den Wolken und lassen sie nicht los. Die Wolken vergessen es, zu segeln. Sie wälzen erdmatte Schwaden herab, von spitzen Wipfeln durchbohrt, und aus diesen Wolkenwunden quillt graues Blut in stetem, endlosem Rieseln. Nicht wilde und flüchtige Wassermengen schütteln sie aus, in silberner Unbeirrtheit ihres Weges wandernd und Spritzer von Segen schleudernd nach sonnigen Flachgefilden. Nein, hier in die Hügel betten sie sich und rasten in großer Schwermut.

Die Dämmerung vertieft sich. Mir wird unheimlich zumut; ich eile schneller. Denn auf einmal ist mir, als wanderten die Bäume mit. Schnell drehe ich den Kopf, um sie zu ertappen; da erstarrt ihre Bewegung und sie necken mich mit ihrem Stillstand. Aber wenn ich die Augen abwende, so weiß ich genau, sie heben wieder an, *hinter mir dreinzuwandern.*

Der Wald dröhnt. Er donnert vom Regen. Schier meint man Gießbäche zu hören, so groß ist die Summe der schluchzenden Geräusche aus nah und fern. Auf dem Wege verschlingen sich die Rinnsale rostrot in grauer Wasserdämmerung; Dickichte schlucken den gelben Sturz. Lichter verlieren ihre Bedeutung; nichts ist dunkel- oder hellgrün mehr; alles wird regenfarben.

Mein Freund der Ao-a wiegt in seiner Krone eine kleine Wolke ganz für sich und saugt sie aus; jede Fuge seines gelbgrünen Leibes schwitzt rinnende Perlen. Das eisenharte Holz des *Poumuli* trinkt; ja, ich höre es deutlich trinken! Es ist, wie wenn man den Mund spitzt und die Luft einzieht: ein feines Sieden. Der *Fa-u* ist wild erregt; seine herzförmigen Blätter schwanken im Tumult und peitschen die gelben Blüten; seine hastigen Atemstöße schicken Vanilleduft herab. Und der hochstämmige *Farn!* Er spreizt sich; jede Fieder lechzt an seinem kostbaren Schirm! Er ist von allen der lebendigste; *Gatai* mit seinen Dornen und *A-ute* mit purpurnen Kandelaberblüten sind wie totes Holz an ihm gemessen! – Denn der Farn schießt empor, schlank und schnell, bis zu meiner sechsfachen Länge; war er vor einem Mond noch ein Kind am Boden, so steht er auf einmal da mit dem Stammumfang meines Schenkels; und in seine Blätter könnte man mich wickeln! Wechselnd wogen sie auf und nieder, die bräutlichen Fiedern des entfalteten Schirmes; nun stören Brisen ihn auf; nun spreizt er sich höher und eitler! Unerreichbar schwankt die hellgrüne Sternform, während das Seidenhaar der Blütenkeime von zerstäubtem Geschmeide funkelt!

Immer eiliger, immer verwirrter kämpfe ich meinen Weg durch dieses Getümmel. Tausendfache Form raunt um mich. Es wird schwarz; der Kampf nimmt zu. Die *Herzen der Bäume* beginnen zu sprechen:»Was eilt dort, winzig und tief, unter uns, den Turmhohen, dahin?«

Die Schöpfung späht mir nach. Grüne Blicke treffen mich: phosphorleuchtende Pilze blinken im Unterholz. Schlinggewächse zielen nach meinen Waden, tasten über meinen Leib. Meine Knie zerreißen die schleimigen Verkettungen der Zellen, meine Hüfte spaltet Klumpen von Knospen und bricht sie knirschend auseinander. Tote Äste stechen nach mir und krachen unter meiner Sohle . . .

Endlich sehe ich ein Licht. Der Weg öffnet sich. Die Bäume weichen zurück, denn sie können mir nicht nachschreiten bis hierher. Ihre Körper sind gebunden; riesenhaft gebunden dort im Dunkel . . .

II.
Der Berg der Höhlenschwalben

Er heißt Tjibodas – weißes Wasser . . .

Verfolgt man den Bantammerweg aus Buitenzorg auf Java und ist man etwa zwanzig Minuten im Auto unterwegs, so tritt er ins Gesichtsfeld als einsamer Kegel. Diese Form zeigt er, weil er dem Beschauer die Schmalseite zuwendet. Bei der Plantage Tjampea jedoch, wo man das Auto verlassen muß, finden wir, daß er einen etwa kilometerlangen Hügelrücken vorstellt, dessen stumpfe Pyramidenbasis mit der Vegetation der Ebene unmerklich verschmilzt.

Wir durchqueren zu Fuß eine Gummipflanzung, einen weiten Hain lichtgrauer Stämme, die weißes Blut in spitze Trichter weinen – tausendfaches, harziges Tröpfeln aus den Herzen junger Bäume –, überqueren dann eine schütteres Bambusbrückchen zwischen kupferroten Lehmufern, schreiten eine Reihe herzhaft gaffender Kinder ab und tauchen dann in den geheimnisvollen Bereich des Tjibodas. Wie den Perlenvorhang vor einem Sanktum, so schieben wir ein von himmelblauen Kelchen durchsetztes Rankengewirr mit den Schultern beiseite.

Unser malaiischer Führer, den die Plantagenverwaltung uns mitgab, ein stiernackiger, untersetzter Vollblutsundanese, beginnt uns voranzusteigen, indem er seine beweglichen Zehen um die Hindernisse biegt. Ein solch brauner Fuß, mit schier »handgreiflicher« Intelligenz gebraucht, entfaltet seine Zehen fächerartig mit elastischen Sohlenballen; er klettert im wahren Sinn, indem er die Steine und Wurzeln erfaßt und sich daran in die Höhe zieht . . .

Dies ist Urwald, indonesischer Urwald. Der schmale mit Kalksteinklötzen bedeckte Pfad bedeutet nichts weiter als eine knappe Erschließung dieses Natursanktums von höchstens zehn Metern im Umkreis. Es herrscht weit drinnen ein quellendes und raunendes Geheimnis, wie in feierlichen unangetasteten Bezirken. Wir kommen an eine Lichtung: drei enorme Hartholzstämme, weißgebleicht, klammern sich in der Brunst der Rückkehr zum Humus, der Zersetzung, mit zackigen und korkzieherhaft gewundenen Ästen saugend an die Mutterbrust des schwammigen Bodens. Langstielige Schmarotzer überspinnen sie und wimpeln mit rotgesprenkelten oder kellerig weißen Lanzenblättern leise in der stagnierenden Luft. So liegen die verwesenden Holzleiber in einem Bett von aufschießenden Calla-Arten, die mit ihren prallen Blättern, geformt wie die dreieckigen Köpfe von Ottern, bei unserem Durchbruch widerwillig knirschen. Weiter oben am Abhang, schräg hintereinander, wie umgekippte Pilzschirme, an sechs Meter im Durchmesser, erheben sich die gelösten Wurzeln. Die ganze Basis der Wurzeln steht empor, ein erstarrtes Gewirr hellbrauner Schlangen, die seit ihren letzten zähen Krämpfen noch Tonnenlasten von Kalkbrocken und kupfernem Lehm umschlungen halten und nun in die Höhe stemmen – in eine so erstaunliche Höhe, daß der glasige Himmel über die Ränder der mächtigen Teller funkelt.

Schwer ruht die Lichtfaust der Sonne auf dieser Lichtung. Wir tauchen wieder im Schatten unter und steigen, steigen. Der Schweiß tropft unter dem Tropenhelm hervor. Nach jedem zwanzigsten Schritt macht man halt, und der Tumult der Pulse im Kopf tobt sich aus. Da sehen wir etwas Dunkles aus dem Gewirr der Stämme treten. Es enthüllt sich langsam. Es schickt Vorläufer voraus; eine ganze Treppe aus Wurzeln, die wir Stufe nach Stufe nehmen. Das ist die Herrin des Berges: eine Ficus elastica von greisenhaftem Alter und von sagenhaftem Ausmaß. Das Auge schätzt die Höhe zaghaft ab: doch vermag es dort, wo das Blättergewimmel der kandelaberförmigen Krone in glutzerspaltenen Büscheln herabhängt, nicht weiterzuforschen und kehrt geblendet zurück. Der Stamm erscheint nicht kompakt; er sieht aus, als sei er aus zehn Säulen zusammengeschweißt und -gelötet; in vierfacher Mannshöhe beginnt er sich nach unten zu entfalten und schickt eine verworrene Kaskade von Wurzeln zur Tiefe. Die Wurzeln senken sich steil in den Humus, oder vom Fels behindert, schlagen sie üppige Wellen und knicken sich kraus in bizarrsten Winkeln. Scharfkantige Bretter winden sich ins Unterholz und verlieren sich im grünen Dämmer. Wo das Tasten dieser eisenharten und doch so schwellendlebendigen Verankerungen endet und wieweit der Mutterstamm seine Ableger ausspeit, ist dunkel; ein Hain von Baumfarnen und Leguminosen hat sich darüber gewölbt. Und unter diesem kaffeebraunen Koloß, diesem pflanzlichen Eiffelturm, rasten wir, pfeifenden Atems und warten, bis das Blut in den Gehören milder klingt und verebbt.

Die Sonne ist auf ihrem steilen Zwölfstundenpfad fast zur Hälfte ihres Umlaufs geklettert. Und wieder ergreift es mich, um wieviel heftiger, geiler und brutaler das Leben sich hier, in den kleinsten Formen, äußert, so, als sei die Zirkulation aller Säfte, auch im tierischen Kleinleben, unter dem magischen Zirkel des Zeniths um das Doppelte beschleunigt. Dieser sengende Lichtpfeil, wie aus einer Lupe, trifft die Wesen ins innerste Mark; – dies unablässige Sieden in der Luft: – es gemahnt an hörbares Brodeln chemischer Wandlungen, viel dichter unter der Haut der Dinge als in unseren kühlen Breiten.

Das Gespenstische solcher Vorgänge traf mich ein erstes Mal bei der Fütterung der Tempelschildkröten in Penang. Da lagen diese schleimiggrünen Panzerklötze wie ein Haufe mißfarbener Geröllkiesel. Ich warf eine Handvoll Salat darauf. Was nun erfolgte, war zauberischer Schreck: die Tiere schoben nicht ihre Köpfe aus den Hautfalten in plumper Trägheit, wie ich erwartete – nein, es verging keine Viertelminute, da war diese schier mineralische Erstarrtheit einer tollen animalischen Munterkeit gewichen. Ich erblickte Hunderte von aufgerissenen gelbgestreiften Papageienkiefern, deren ziegelrote Schlünde sich, nasse Trichter aus blassem Fleisch, zitternd, aus langen Halsstielen bebend, durcheinanderschoben; fauchend, schnappend, raufend. Von diesen Reptilschnäbeln zerfetzt tanzte der Salat kurze Zeit auf dem hornigen Tumult der Schilder, bis er in den gierigen Mäulern restlos verschwand. Und dann sank der ganze Haufe ins Anorganisch-Klotzige zurück.

Und dann, unter der stillen Oberfläche von Gewässern, regt es sich, dies lüsterne, aufgepeitschte Leben. Keine Wellenkringel sind das wie im Norden, mit einem zuweilen aufschnellenden Fischleib; – nein, das ist eine wimmelnde, kompakte Horde, die Farben sprüht und ein Rauschen aufstört wie von Propellerrudern; das ist eine ganze krabbelnde *Schicht* von Fischen, die aus der Tiefe steigt und in schäumenden Wirbeln wieder versinkt . . . Die Tauben auf den Dorfstraßen werden hier wütend von den Hühnern verjagt; alles Dasein unter der Zenithlinse wehrt sich, frißt, liebelt stärker, wütender, abrupter . . . ja selbst Früchte und Blüten sind von schwarzen Krusten von Ameisen bedeckt. Halte dein Ohr an einen Strauch; es rauscht darin von strömendem Leben. Welke Blätter werden lebendig, wandeln sich in träg flatternde Falter und werden dann wieder zu Abfall. Zweige sind verhext und stelzen davon, wenn du sie berührst. All dies geschieht, und das Glutauge, das turmhoch herabblinzelt, kehrt ständig wieder und läßt das Organische nie ruhen. Selbst die Erde in diesem Land dehnt sich gespenstisch, öffnet schmatzende Lippen, die Ränder turmtiefer Spalten, und Mensch und Tier purzeln hinein. Dann schließt sich das gespenstische Maul hermetisch ... so, wie sich im kleinsten die leuchtende Orchideenfalle über dem zerquetschten Gesumm von Insekten schließt.

Ich gerate auf diesen Gedankengang durch einen strickartigen Wurzelstrang, den ich aus der Erde reiße und dessen weiße Saugorgane, im embryonalen Stadium eines neuen Baumes, sich vor meinen Augen wie verletzt krümmen; ich versinke in unbehagliches Staunen, wenn ich mit den Armen einen Busch streife, und er, grün und kompakt, verwandelt sich in einigen Sekunden in einen traurigen Strunk. Ein Blitz fuhr durch die Nervenbahn der Mimose und sie klappte ihre Fiedern zusammen – es fehlt nur noch, daß sie hörbar seufzt. Und ich stehe auf und trete auf eine zweite Lichtung, die sich unfern öffnet. Vor mir, aus der Spitze eines grausam gezähnten Agavenblattes – (das ganze Gebilde sieht aus wie das Geburtstagsbukett für einen Piraten: ein Bündel aus Sägefischschnäbeln) – hockt ein Raubtier. Denn anders läßt sich die Schmeißfliege nicht bezeichnen, dies monströse schwarzblaue Insekt mit dem Hauch von Schwefel auf den finsteren Flügeln, das mit vibrierenden Leibringen auf seinem Auslug hockt und aus dessen Kugelaugen die Sonne alle metallischen Farben lockt. Es ist reichlich dreimal so groß wie eine deutsche Hummel und nimmt sich neben ihr aus wie ein Grizzly neben einem Waschbären. – Plötzlich schwirrt das Tier ab; das Agavenblatt schaukelt. Unter höllischem Gerassel entfernt es sich auf einen anderen Auslug, von wo es metallisch zu glotzen fortfährt. Denn in seinen Fazettenaugen spiegelt sich nicht nur das Weiße, Feindliche, das in seinen Bereich einbrach. Andere, kleinere Raubtiere: leuchtend-goldbraune Libellen, sind fleißig auf der Jagd; und überall, verwirrend, mannigfach, rühren sich die Schmetterlinge.

Ob sie nun braun sind, von smaragdenen Tupfern übersät, oder seidig-schwarzweiß gerieffelt, mit Scharlachspritzern an den wimpelnden Hinterschwingen, – ob sie ein flammendes Orangegelb oder düster funkelndes Blau durch die Lüfte tragen: stets zuckt die

Hand, sie zu haschen, und stets sinkt sie zögernd wieder zurück...
Nein – diese bunt gepuderten, glaszarten Wunder der Gattung Papilio sind »tabu«, sind unantastbar. Sie ziehn langsam; sie taumeln; sie schnellen sich in rapiden Gleitflügen oder hängen zitternd am Rand von Kelchen, getragen und umflossen von penetranten Blütengasen, die wie Wolken in diesem Walde hängen und sich am Boden im leisen Luftfächeln verbreiten, so daß mir auf einmal ein Parfüm in die Nüstern sticht, das aus unsichtbaren Quellen stammt... Der Weg wird steiler. Plötzlich hören wir ein Getöse: wieder hat sich der Glutpfeil ein Opfer erkoren. Es kracht peinvoll: die Luft ist verfinstert von einer Wolke gelben Staubes. Wir kämpfen uns heran: da ist einer der steilsten, stolzesten Bäume geplatzt und hat seinen Umkreis überschüttet wie ein vulkanischer Ausbruch von verwestem Holz. Die Rinde abgespalten hängt in großen konkaven Trümmern im Dickicht; die Riesenstange des Baumes selbst, in mehrere Teile zerborsten, hat eine weite Bresche gehauen; ja dort, wo das kahle Astwerk des toten Schirmes einschlug, ist eine neue Lichtung entstanden. Und als wir nach dem Grunde forschen, dem letzten Kettenring dieses Kreislaufes: – – das Vielhundertjährige ist zurückgekehrt zum Humus, weil seine Substanz unterwühlt war und verdaut von Milliarden von Ameisen. Noch während es seine stolze Form jahrzehntelang in die Höhe steilte, war es von ihnen zerfressen: bloßes Abbild seiner selbst... eine Totenmaske, darunter sich emsigste Zersetzung rührte. Und die Vergänglichkeit hat ihre mystische, kunstvoll verschlungene Schrift auf die Innenseite der Rinde gegraben... der Finger des Todes, der sich darin gefiel, besinnliche Hieroglyphen zu malen.

Endlich, endlich sind wir am Ziel der Wanderung. Ein schräges Loch ist zwischen den Büschen; farnüberwucherter Fels steigt dahinter auf. Hier ist die erste Goldgrube Herrn Seow Lik Gans, des »Toekang Goenoeng«, des Pächters dieses Berges. Das Gold hängt in Gestalt von Schwalbennestern an den Decken seiner Höhlen. Für dreißig Pfund verkauft der Chinese das Pfund im Toko Gan, seinem reichhaltigen Delikatessenladen in Buitenzorg. Er liebt es nicht, daß man die Schwalben erschreckt, deshalb ist Vorsicht am Platz.

Der Eingang dieser ersten Höhle ist breit genug, um bequemes Einsteigen zu gestatten. Der Malaie entzündet eine reichlich qualmende Pechfackel (sie ist sicher nicht nach dem Herzen Gans!) und schreitet uns voran. Es gibt dieselbe Sensation, als ob man plötzlich aus einem Treibhaus in den Weinkeller hinabstiege: feuchtmodrige Kühle schlägt uns ins Gesicht. Der Eingang ist niedrig; jäh erweitert sich die Höhle zu einem Raum, dessen Höhe schwer zu taxieren ist. Fünf Meter darf man immerhin mit gutem Gewissen annehmen. Der Boden ist niedergetretener roter Lehm. Aus dem wankenden Licht der Fackel treten Stalaktiten, doch von keiner reinlichen spitzen Form, sondern als verquollene Trauben, mit kreisrunden Löchern besät; unten im Boden stecken Brocken von so abenteuerlicher Form, daß man versucht ist, einen versinterten Klumpen fossiler Saurierknochen in ihnen zu erblicken. So grinst uns, im huschenden Flackerlicht, die verkalkte Phantastik an mit aufgerissenen Kiefern, enormen Augenhöhlen, zackigen Wirbeln und Beckenschaufeln ... Wir schwingen die Fackel höher und tasten die Decke ab. Wie von Geschossen flitzt es (fast spüren wir die Berührung knatternden Gefieders an den Ohrmuscheln) an unseren Köpfen vorbei. Das sind die Salanganen; sie stürzen sich nach draußen, aus diesem giftig-roten Licht, dieser Rauchbeize, ins grelle, aber vertraute Sonnengrün. Unendliches Gezirpe entsteht wie ein Netz von Lauten, in höheren oder engeren Kavernen, die das Licht nicht erreicht. Und ganz im Banne dieses scheltenden Zirpens untersuchen wir den Umfang der Höhle. Sie mißt ungefähr zwanzig Meter im Geviert. In einer Seitenkammer, das Gesicht nah am Felsen, pralle ich fast zurück: vor mir, an der Wand, im verstecktesten, finstersten Teil, sitzen zwei Heuschrecken, recht große Tiere. Sie sitzen reglos; sie sind entweder blind oder so verdutzt, daß ihre Lebensgeister gelähmt sind. Ich erwähne den Umstand deshalb, weil es sich um keine gewöhnlichen Heuschrecken handelt.

Sie sind nicht grün oder bunt. Sie zeigen ein farbloses Lehmgrau. Vollkommen flügellos, bis auf zwei rudimentäre Lappen, machen sie den Eindruck großer, nackter Raupen an Stelzen: nur ein einziger Körperteil an ihnen ist lebendig und vibriert. Das sind Fühler, mächtig lange Tastfühler, an viermal so lang als das Tier selbst. Es sind *Höhlenheuschrecken*, denselben Gesetzen unterworfen wie die Grottenolme des Karst. Wir stören sie nicht; so bleiben sie hocken, die nächtlichen Geschöpfe, die Ausgeburten des Dunkels, und betreiben, still für sich, ihre grüblerische Höhlenanpassung weiter ...

Die Nester der Schwalben entgehn uns hier. Sie sitzen so hoch und sind für das Fackellicht nicht erreichbar. So begeben wir uns wieder hinaus.

Von jenem gigantischen Ficusbaum zweigt der Weg ab, der zu den anderen Höhlen führt. Nach einer halben Stunde mühseligen Kletterns finden wir sie. Etwas aufgeschütteter Lehm, eine Art Brücke, führt zu zwei, drei Spalten im Fels – breit genug, um Kindern und Affen den Zutritt zu gestatten. Wir müssen uns draußen halten und leuchten hinein. Da erkennen wir schleimgraue, spinnwebhafte Gebilde, die in den Ritzen kleben: den Schatz des Chinesen.

Man erzählte uns, daß die Nester vorsichtig gestohlen, verschmitzt entfernt werden in ganz bestimmten Zeitabständen; daß ein Knäblein an einem Seil mit einem Blätterkörbchen das Geschäft des »Pflückens« verrichtet, und daß man die Vögel nicht durch Raubabbau erbosen dürfe, denn dann zögen sie aus und Herrn Gan bliebe nichts übrig als die Hänge des Schwalbenberges mit Klagen zu erfüllen ... Er habe dann kein Mittel mehr als sehnsüchtige Beschwörungen in der Himmelsrichtung der großen Berge und ihrer rauhen regenzerweinten, rotangverhängten Unzugänglichkeiten ... Nein, er muß den Schwalben nahen mit der Diebeskralle in samtenem Handschuh, mit vierzehn Punkten, hätt' ich beinah gesagt; er muß ihnen die Nester wegschmeicheln unter den flaumigen Bäuchlein ...

Wir gehn zurück. Und dieser ganze Rückgang aus der Verzauberung des Urwalds ist von einem neuen Konzert begleitet. Irgendwo hat eine der großen Baumzikaden begonnen und die anderen sind eingefallen. Wenn man es nie gehört hat, macht man sich keinen Begriff von der Art und Kraft dieser Töne.

Es ist wie das tiefe asthmatische Atemholen der Wälder selbst. Es ist ein schnarrendes rhythmisches Röcheln; es ist wie aufwärts spindelnder Gesang von Wechselströmen in vielen versteckten Dynamos; es ist wie schluchzendes Schnappen nach Luft, gefolgt vom Hallen gedämpfter Gongs oder mächtiger Kreissägen in weiter Ferne. Noch nie gelang es mir, die Quelle, den Ausgangspunkt des höllischen Spektakels zu fixieren. Immer ist es ein anderer Baum, von dem es zu dringen scheint, und schließlich gibt man die Suche auf ... Es ist universal und die Verlautbarung des Lebens selbst, des

sickernden, wühlenden, unablässig zu Form gerinnenden oder zer-
fallenden Lebens.

Schöpfungsmorgen und Passion der Kreatur

Ich stehe auf der erstarrten Lava des Matavanu, auf Sawai'i. Der Wind bringt den immerwährenden, den weiten Schrei des erwürgten Lebens: eine sausende Stille. Das schöpferische Pflanzentum verlischt wie mit einem Seufzer; wie in mächtiger Kurve abgehackt unter schwarzem Albdruck.

Und doch: auch diese toten Lavamassen sind vor kurzem lebendig gewesen, von wüsteren und primitiveren Kräften gereizt als den zartstarken, die Zelle an Zelle gliedern. Die Tonnenlasten von Zement sind gewandert, von fernem, feuerfauchendem Abtrieb befördert; knirschend, ätzend, zermalmend schwankten sie, türmten sie sich an Hindernissen; sie gruben sich ein riesiges Bett; und darin quoll das trübe Verderben herab, zäh und unaufhaltsam im Schwefeldunst fürchterlichen Triumphes.

Da stehen Hütten, Palmen: die kochende Lava rückt auf sie zu, langsam, langsam, eine Wand, eine schwarze Woge, die, vom eignen Gewicht gebändigt, statt Schaumes träg platzende Blasen wirft, und die statt vom Tang der Tiefe von glühenden Schlacken schillert . . .

Der Finger des Todes rührt an die Hüttenpfosten. Vierundzwanzig Hartholzsäulen, für die Ewigkeit errichtet (an denen Nägel sich krümmen, die der Feuchte, der Infekten spotten), sie spüren an ihrem Fuß stumme Wut, die einsickert in ihr zähestes Wesen; flammende Säure, der sie sich beugen müssen. Sie wollen nicht weichen; sie recken sich in krachendem Trotz; die Fasern umarmen sich brünstig im Krampf tödlichen Widerstandes. O Seele des Eisenbaumes: Gib nicht nach! Denkst du noch, du behauener Stumpf, der Zeit, da du ganz warst, da Tage um dich schwirrten wie Mücken, und Jahre wie Brisen von der Küste, da deine Krone, steil und hoch, als einzelner Prachtschirm stand, der seinen Schatten wie ein Spielzeug in ein formloses Gewimmel verächtlich niedrigen Busches herabwarf? Zwanzig braune Leiber waren Wochen hindurch geschäftig, dich niederzuhacken und zu vergewaltigen, und weitere Wochen vergingen, bis du in böser ächzender Arbeit, in Straucheln und Stolpern gelüftet und gewälzt den Weg zum Tal gefunden . . . Und dann zerteilten sie dich mühsam. Deine Unzerstörbarkeit sollte ihnen dienen. Und jetzt gibst du nach? Jetzt verleugnest du deine Kraft?

Der Finger des Todes rührt an die Pfosten ... Sie *wollen* nicht weichen! Doch der Widerstand, der Wille, der sie spannt, ist so ungeheuer, daß er sie wie mit einem Kanonenschuß zerreißt. Das Organische trennt sich voneinander. Verklammerte, verschweißte Zellen bersten. Zur Unzeit befreit, glüht, raucht, kohlt die Seele des Baumes. Ein Zittern pflanzt sich fort: die Füße der Pfosten werden zu Wachs; sie schmelzen. Die Lava gräbt weiter; sie quillt in alle Spalten; sie macht es sich häuslich. Strohmatten schwinden dahin, auf die sie sich bettet; sie achtet dessen nicht. Leise zischt sie und füllt als böser Gast der Tiefe das ganze Oval der Hütte an. Und ihr Zischen lockt das Dach herunter. Das Dach sehnt sich nach der Erde; ruckweise sinkt es herab; es will selbst zur Erde werden; es liebt dies urvertrauliche Zischen. Aufglimmend taucht es in den Werdezirkel zurück. Und im gierigen Prasseln einer einzigen Lohe, die plötzlich aufschießt und verschwindet, ist es dahin. Der Teertod frißt seine Spur ...

Den Palmen graut es. Sie neigen sich zueinander und küssen sich mit den Wedeln. Die grünen Fiedern erbleichen vor Entsetzen zu Stroh. Und dann beben sie und fallen reihenweise wie Halme vor einer langsamen tückischen Sense.

Es dauert noch Tage, noch Wochen: plötzlich geschieht etwas an der Küste. Das Meer brüllt auf vor Schmerz: Feuer tastet an die kristallne Kühle. Angegriffen durch das Wesensfremde, durch zwei Meilen siedenden Teers, wird die Kühle trüb und sucht die Luft in rasender Zersetzung. Sie bedeckt sich mit toten Fischen, mit blauem, stinkendem Silber; sie läßt tausend Dampfpfeifen dröhnen durch die Löcher, durch die sie noch atmen kann; eine riesige weiße, unablässig neugenährte Dampfwolke ballt sich auf, unter der ein Kampf von Sein und Nichtsein brodelt.

Und wie ist das heute? Ist der Kampf erloschen? – Es ist still. Heftige Bewegung ist erstarrt. Quillt es noch? Nein – es ruht ... Es ruht mit der Maske des Kampfes. Dies alles hat das geisterhafte Angesicht von erstarrten Kolonnen, von Klumpen bewegter Scharen, die ein plötzlicher Tod erschütterte und stehenließ in allen ihren wilden Gesten.

Das ist das Drama des Matavanu –; das ist das Schicksal von Toa-pai-pai, das unter der Lava liegt ... Und dies Schicksal, mit dem süßen Zirpen der Schwalben, geistert noch darüber: fernes Ge-dächtnis von Mattenpreisungen und von Gesängen in Tarofeldern, die tief verschüttet sind!

Ich klettere zum Saum der Küste hinunter, entkleide mich und schreite ins Meer.

Während ich vorsichtig ins Tiefere wate, geschieht der Morgen; kaum weiß ich, wie ... Der Grund ist soeben voll grauen Moders, voll toter Korallenstöcke gewesen; jetzt auf einmal gleicht er einem gründurchblühten Kristallhaus. Farben entwickeln sich auf ihm: weiß, gelb, grün und rostrot, der weiße Sand dazwischen lacht schimmernd herauf. Bizarre Lagunenfische und Schwärme blauer Seestichlinge stieben hinweg ...

Wo ist heute das Bollwerk, das sich vor Aeonen dort lückenlos er-streckte – die Wälle steinerner Blumen, starr blühend durch die Zeit? Wann war das gewesen, daß jene einzelne Kokosnuß auf-tauchte, jener Ball, aus Lebenswillen geformt, herschaukelnd aus Tausenden von Meilen? – War das gestern? War das ehegestern? Oder war es, als dieser Küstenstrich noch ein siedender Tumult von Lava war, zu einer Stunde, die diesen Hügelgruppen »gestern« hieß? Wann war es, daß jener grüne Dämon Einzug hielt in seinem nachgiebig-unzerstörbaren Kerker? Daß er Halt verspürte, und nicht mehr, ob sich und unter sich, Grundlosigkeit? Daß er fiebernd seine Keimlöcher durchbrach und dürstend und bohrend aus zer-fetztem Bast drei starke Ankerfinger spreizte?

Damals erwuchs die erste Palme: rührend schlank.

Der Wind haßte sie. Er peitschte, peinigte sie. Doch siehe: das ge-fiederte Leben, mit Neigen und Beugen, gab nach und erklomm Vollendung. Der Wind ward zum Sturm: grollend warf er sich auf das Leben zum letzten Anprall.

Da schleuderte es, schimmernd von Trotz, anderes Leben herab. Dumpf knallten sechs Nüsse auf harten Stein; und das Meer, in kochender Wut, übersprang das Bollwerk. Es begann einen töt-lichen Tanz mit den Kindern des Lebens. Es sog den spärlichen Sand unter den Wurzeln der Mutter hinweg: sie wankte; sank; doch schlammbegraben lächelte sie mit letzter schwankender Fieder. – Und die Kinder enteilten. Sie ließen sich nicht ertränken, nicht zerschmettern; elastisch taumelten sie vom Seichten ins Tiefe und aus der Tiefe zurück... Und nach einer Zeitspanne, die den Korallen nicht länger dünkte als ein Windstoß oder der Satz einer Woge, lächelten alle Gestade: grüner Triumph von tausenden schwankender Wedel. Keines Fußes Breite, die nicht vom Leben trächtig war; keines Schrittes Spanne, die nicht lächelte!

Ich stehe noch im Wasser: da sehe ich, wie in beträchtlicher Entfernung von der See her ein flaches Samoaboot heranprescht. Zwei leuchtend hellbraune Leiber, in schmiegsamen Windungen, treiben es mit Stößen langer Stangen in das Mangrovendickicht hinein, das dunkel die Ufer säumt.

Eine dritte Gestalt am Heck steht breitbeinig vorgebeugt, lauernd ein Wurfnetz schwingend. Ich höre aufgeregte Rufe herüberquellen und sehe, wie unter spritzendem Schaum eine zappelnde, wild um sich schlagende Masse ins Boot gehißt wird, das fast dabei kentert... Das Etwas blitzt tanggrün und bernsteinfarben gesprenkelt. Ich höre Klopftöne, tönend, wie auf einem Gong. Die Rufe ebben ab; die drei nackten Leiber, von gemeinsamem Vorhaben beherrscht, verschwinden zusammengedrängt hinter dem Bootsrand...

*

Am folgenden Tage um die Mittagszeit gehe ich über das kurze Gras im Hofe des Tivoli-Hotels in Apia. Ich höre einen seltsamen Zischlaut und stocke. Da liegt eine große Meerschildkröte.

Auf dem Rücken liegt sie da, wie gekreuzigt in ihrer mächtigen Plattheit; ein Opfer für die Schlachtbank. Durch ein hineingebohrtes Loch im Schwanzstück des Panzers schlingt sich ein rohes Bastseil und umschnürt ihre Hinterflossen. Die Sonne wütet auf ihren feuchten Fibern; sie leidet alle Urschmerzen der Kreatur. Senkrecht gestellte Augenlider, wie bläuliche Schiebetürchen, trennen und vereinen sich zu krampfhaftem Zwinkern. Ihr horniger Papageienkiefer, nach hinten gedreht, hackt Mulden in den dürren Sand. Blutige Bläschen zerplatzen auf ihren Naslöchern. Ihr ganzes Wesen, aus grünem Gischt, aus klarem Silber, dampft auf und windet sich in Qual und Feuer.

Und mir ist, als verstände ich plötzlich die Sprache der Vögel; den schallenden Zank der Hautgeflügelten im Mangobaum; das rhythmische Sieden der Zikaden – als sei dies alles mir tiefer verschwistert als je: ist doch dieser Zischlaut das Echo aller Passion und nicht nur das Unmutsschnauben jenes verirrten Geschöpfes, da es unter den Mangroven steckenblieb und merkte, von dörrender Ebbe überrumpelt, daß seine königlichen Paddelruder nur noch Schlamm aufwarfen statt grünen Gischtes, der seine Seele war!

Tofā, Samoa!

Bericht von einer »Eroberung«

Nachts um zwei... Ich kann nicht schlafen. – Es ist immer dasselbe Lautbild, das mich stört: zuerst das schnatternde Zanken der Fliegenden Hunde, dann das rabiate Kollern des Truthahns und zuletzt singen die Hähne sich an. – Eins entfesselt das andere, und dann gibt's wieder Pausen, von den schneidend feinen Hymnen der Moskitos gefüllt. – Hinter all dem steht wie Wasserrieseln das Geschwätz der Chinesen in der Baracke. Das höre ich nicht mehr, das wiegt mich nicht einmal mehr in Schlaf.

Ich trete auf den Balkon des Wellblechhäuschens. Ich überblicke das schwarze Gewimmel der Bananenstauden. Ein kühler Hauch kriecht heran und läßt die Blätter aneinanderklatschen; droben flirren die Sterne. Der abfallende Hügel läßt eine Lücke frei, wo der Urwald sich drunten nach dem Strand zu öffnet. Dort hängt der Schatten des Meereshorizontes, wie der Rand eines Riesentrichters. Plötzlich fangen die Kantonkulis in ihrer Schlafbaracke hellstimmig zu schreien an. In hoher Weiberfistel, lauter Bandwurmsentenzen; – sie zetern beim Glücksspiel, dem sie fröhnen, seit der Pächter nach Amerika durchgebrannt ist und mir seinen Konservenvorrat hier überlassen hat. Die Geräuschwelle schwillt an... Ich werde mich schwer hüten dazwischenzutreten, wenn die sonst so lautlosen Herrschaften ihre privaten Auseinandersetzungen pflegen. Es gibt ihrer so viele... Das Heimweh klagt aus diesen Kakadustimmen; um ihr Heimweh zu übertäuben, machen sie ihr Spielchen; als Bankhalter sitzt ein Gespenst bei ihnen, ein greller Wunsch. Mit einem Päckchen Schmuggelopium als Einsatz, nach dem sie schon seit Tagen hungern, verlohnt es sich schon einander beim Spiel mit dem Messer auf die Finger zu sehen.

Die ganze Woche über ist es mir einerlei gewesen, daß ich hier allein auf der Farm hocke, als einziger Europäer unter dreißig gelben Kontraktarbeitern. Heute, in dieser Nacht, beschleicht mich auf einmal ein unbehagliches Gefühl. Ich bin Inhaber von zwanzig Konservenbüchsen... Sie haben aufgehört zu zanken. Mir paßt es nicht, daß sie jetzt nachts ein so munterer Klub sind, und sich tagsüber nicht rühren. Mehr noch: Sie sitzen als einzelner Farbfleck auf der ungeheuren, mit Giftfarben getünchten Kulisse, die man um uns herumbaut: dem immer bedrohlicher heranwachsenden Krieg.

*

Gottes Wege sind unerforschlich, zuweilen auch die gewisser Bureaukraten hier in der Verwaltung. Es liegt auf der Hand, daß die Insel unmöglich verteidigt werden kann. Warum also Leute, die keinen Verwaltungsposten hier bekleiden, nicht in neutrale Länder durchbrennen dürfen, wo sie sich für Deutschlands Sache einsetzen könnten, sondern »es aufs strengste untersagt« bekommen, »das Schutzgebiet zu verlassen«, mehr noch: »in demselben umherzureisen« – das muß ein von Nervenkollaps überrumpelter Bureaukratismus vor sich selbst verantworten. Daß man eine Polizeipatrouille von dreißig Leuten bildet mit schwarz-weiß-roten Binden am Arm, mag ja »for show« ganz gut sein, ist aber recht unzweckmäßig, denn diese kurze Patrouilliertätigkeit wird höchstwahrscheinlich ihre einzige aktive Beteiligung am Kriege bleiben.

*

Heute Nacht machen die gelben Herrschaften wieder einen ungewöhnlichen Spektakel. Bei ihren Gesprächen gibt es diesmal die Begleitmusik eines Messers, und die Lampe drüben geht plötzlich aus. In der frühesten Sonne gehe ich hinunter und besehe mir den Schaden. Sie liegen wie ein Haufen dürrer Kadaver auf den Strohmatten und atmen in allen Tonarten. Es riecht süßlich. Die Hälfte von ihnen fehlt.

*

Auf dem Wege von Magia hinunter kommt mir ein Kuli entgegen und plappert etwas Eilfertiges in Pidgin, das ungefähr so lautet: »Big fellow ship, make plenty bum-bum, make all white men finish«. – Dann rennt er wie betrunken weiter. – Und es stimmt. Als ich nach Apia komme, herrscht bereits Panik.

Auf der Lotsenstation, fünf Minuten entfernt, ist ein kleinerer Kreuzer gesichtet worden, als er seine Spürnase vorstreckt. Hinter ihm tauchen fünf andere Schiffe und zwei Transportdampfer auf.

Ein alter französischer Blechkasten, die »Montcalm«, ist dabei, mit sieben Metern Zielfläche über dem Wasser. Sie hat sich in Neukaledonien dem Geschwader angeschlossen.

Es ist ein fabelhafter Aufwand für das bischen bewachsene Lava. Unsere »frightfulness« ist diesmal offenbar überschätzt worden. Eine einzige Breitseite des schmächtigen Kreuzers hätte uns alle in die Luft geblasen. – (Es stellt sich heraus, daß die Engländer infolge geschickter Gesprächsmanöver am Telegraphen der Meinung waren, die deutsche Flotte sei in der Nähe von Upolu konzentriert.)

Der kleine Kreuzer legt bei der Einfahrt an und läßt ein Ruder- und ein Dampfboot zu Wasser, mit gehißter Parlamentärflagge. Zwei Offiziere kommen an Land, die zunächst vom Konsul und anderen Landsleuten »beglückwünscht« werden. Leutnant Pfeifer und Polizeimeister Kurz nehmen den Übergabebrief entgegen und bringen ihn zum Bezirksrichter Schubert hinauf. – Gouverneur Dr. Schultz ist, um Zeit zu gewinnen und offiziell nicht Kenntnis nehmen zu müssen, auf der »Wildschweinjagd«. – Herr Schubert läßt nach einer halben Stunde heruntersagen, als »stellvertretender Gouverneur« könne er nichts übergeben: die Bevölkerung sei jedoch bis auf eine Polizeitruppe unbewaffnet.

Nach zehnminütlicher Unterhandlung im Bezirksamt fahren die englischen Offiziere an Bord zurück.

Mittlerweile sind die anderen Schiffe näher gekommen und bleiben vor dem Hafen unter Dampf. Zunächst loten Boote den Hafen aus; dann fährt der Kreuzer zuerst ein und wirft Anker. Es folgen die beiden Transportdampfer und zwei weitere Kriegsschiffe. Drei kreuzen noch draußen, um sich den Rücken zu decken. Jetzt beginnt die Ausbootung der »Neuseeländer Freiwilligentruppe«; sie schlagen sofort Baracken am Kohlenlager auf. – Der Kommandeur Colonel Logan etabliert sich im ersten Stock des Bezirksamtes. – Die Postbeamten werden gleichfalls »kurzfristig entlassen« und der Provost-Marshall Tottenham übernimmt die Post. Es fährt ein Trupp Soldaten zu Fahrrad und Pferd nach Mulinuu hinaus, um die deutsche Flagge herunterzuholen und den Posten festzunehmen. Die Flagge geht nicht so einfach herunter, da man einige kunstreiche Knoten ins Seil geschlungen hat . . .

Den ganzen Hafen entlang entsteht ein reges Leben. 120 Mann lassen sich zum Dauerkampieren in Mulinuu nieder, und überall neben den öffentlichen Gebäuden entstehen Zeltlager.

Nun geht es, wie zu erwarten steht, an Requisitionen. Fahrräder, Autos, Pferde; bei den letzten passieren Zwischenfälle, da die gelben, struppigen Inselgäule, in deren Adern bei dem plötzlichen Besitzerwechsel das Mustangblut erwacht, vor den neuartigen Gestalten, vor all dem Khaki und den Bajonetten kopfscheu geworden sind. – Die Truppen nehmen derweil die Funkenstation in Taigata in Besitz. Hier aber sind, während die Schiffe einliefen, Vorbereitungen getroffen, um die Station unbrauchbar zu machen. Der Leiter Hirsch sowie zwei Telegraphisten werden zunächst durch Geldanerbietungen kirre zu machen versucht, dann mit Erschießen bedroht, wenn sie die fehlenden Teile nicht herausrücken. Als Offizier weigert sich natürlich Hirsch und kommt mit Dr. Schultz zusammen nach Fiji. Das letzte, was er noch auffangen kann, ist der Sieg über die Russen.

Der Sonntag verläuft ruhig bis auf die Salutschüsse für den englischen und amerikanischen (!) Konsul. Dieses kriegerische Gepolter füllt die »Beach« mit Samoanern, die bei einer etwa zu gewärtigenden Schießerei mit der ihnen angeborenen detachierten Würde das »erste Parkett« einzunehmen hoffen. Sie kommen nicht auf ihre Rechnung; immerhin, sie wallen wieder von hinnen und nehmen unendlichen Schwatzstoff für die Dörfer mit. – Ich entsinne mich folgenden Vorfalls:

Ein melancholischer Mischling, namens Pollack, der die Angewohnheit hatte, vom Balkon des »International« (früheren »Bloody Eagle« aus Stevensons Zeit) herabzuspucken – die Füße auf dem Geländer und nichts als einen schwarzseidenen Kimono zwischen der Natur und seiner dürren Blöße, erinnerte sich auf einmal gewisser »preußischer« Behandlungsmethoden, die er erlitten. Sein Geschäftspartner, der Wirt Schubinsky, ein polnischer Friseur mit der Kraft eines Artisten, spielte zuweilen, um den Gästen etwas zu bieten, Fußball mit ihm. Pollack erduldete dies lächelnd, denn er saß wie eine Klette auf seinem Geschäftsanteil und vertrank ihn in Korbstühlen. – Nun war die Stunde seiner Rache gekommen. – Er sprengte abends aus, das Hotel sei voller Waffen. – Zu früher

Nachtstunde, da der Lärm im Hotel am höchsten flutete, erscholl draußen ein leises »High up!« – 100 Gewehre richteten sich klappend in die Höhe . . . Etwa 30 Gäste, der scherzhafte Friseur an der Spitze, wurden abgeführt. Pollack in seinen Kimono geschlungen, die Zigarette elegant schwenkend, wohnte vom Balkon aus wie ein befriedigter Filmregisseur der Szene bei. – Man stülpte das ganze Hotel um und fand keine Schrotkugel; gegen die weißen Mäuse im Hirn des Mischlings, dem diese Genugtuung den Restverstand raubte, wußten die guten Colonials nichts auszurichten und zogen etwas blamiert ab . . .

*

Am nächsten Morgen gehe ich zum Provost-Marshall, um mir einen Reisepaß zu holen. Er hat den Lagerraum des Postgebäudes, eines grasgrün gestrichenen Bungalows, für seinen Stab belegt. Beim Eintritt habe ich den Eindruck allgemeinen hemmungslosen Transpirierens.

Die Leute sind nämlich für die Fahrt in den Herbst und ins nördliche Frankreich ausgestattet; mit dicken Stoffen, Gamaschen, mächtigen, wasserdichten Stiefeln und Wollschals aus Homespun, gegen die eine Boa constrictor, um den Hals gelegt, noch eine Erholung bedeutet. Order, Samoa zu »erobern«, ist erst im letzten Moment gegeben worden und die guten Jungen langen aus der neuseeländischen Kühle mit krebsroten Gesichtern hier an und zerschmelzen unter Flüchen. (Selbst ihre Gesänge klingen heiser, ihr forscher Maori-Schlachtgesang: »Komati, komati kaura kaura . . .« und jener volkstümliche Schmachtfetzen, so innig hervorgerölt, am besten mit der Resonanz der Tischplatte über dem Scheitel –: »Come down the Wanganui, floating in my canoe . . .« sind längst verstummt.) Es ist aber auch Pech! Man kommt in der besten Absicht hier an, die »Bestie von Potsdam«, wenigstens in effigie, mit Kugeln zu durchlöchern, und gerät statt dessen auf ein Häuflein unbewaffneter Weißer, auf einen bescheidenen Straßenauflauf . . . Unter diesen sind noch dazu Neutrale, die McGrew oder Van der Gracht heißen . . . Der Rest, den man einzuschüchtern hofft, sind dreißigtausend wohlgenährte Samoaner, die es sehr schätzen, wenn man sie in Ruhe läßt. – Was fängt man nun mit den Maschinengewehren an? – Man schießt die Korallenriffe kaputt und wettet . . .

Tottenham, ein bronzefarbener Hüne in Khaki von über sechs Fuß, wischt sich gerade bei meinem Eintritt sein gutgeschnittenes Gesicht mit einem seidenen Taschentuch von der Ausdehnung eines Frottiertuchs. Er hat eisengraues Haar. Vermutlich ist er Schotte. Die Augen liegen etwas tief, sind stahlgrau und schwarz bewimpert. Zuerst blinzelt er teilnahmslos herüber; jetzt aber nach kurzer Überlegung in diesen tiefliegenden schottischen Augen, erhebt er sich – es dauert beträchtlich, bis er steht – und reicht mir ohne weitere Vorstellung seine mächtige Flosse. – Er befiehlt einen Stuhl und drückt mich mit einer Geste hinein, hölzern lächelnd.

»Brauchen einen Dolmetsch?«

»Nein, danke.«

»Dachte das . . .«, meint er und läßt mir Zeit zum Raten, warum er das dachte. Da er fragend die schwarzen Brauen erhebt, erkläre ich ihm, ich will einen Paß nach Deutschland. (Ich höre was läuten von einem Requisit, »Internationales Recht« benamst.) Ich sei kein Regierungsbeamter, sondern Forschungsreisender, meiner Studien halber hier. Ich sei Privatmann, Gelehrter . . .

Er nickt langsam. »You don't quite look it though . . .« schiebt er ernüchternd ein. Ich wiege 175 Pfund und sehe ganz lebfrisch aus. –

Meine Aufzeichnungen ständen ihm zur Einsichtnahme zur Verfügung, mein Tagebuch von Sawai'i; dies hier z. B. sei die »Hochzeit der Manumā von Tufu« . . .

»Ist sie hübsch!« fragt er, wiederum mit diesem schottischen Lächeln . . .

Papiere hätte ich weiter keine zur Hand, außer meinem bisherigen Paß, erkläre ich weiter. – Ich habe keinen Bureaukraten erwartet, aber auch keinen, den die bloße *Erwähnung* von Papieren heiter stimmen würde. Denn er winkt in humoristisch-großzügiger Weise ab und ruft gedämpft:

»Higgins!«

Ein Jüngling erscheint und deutet Salut an.

»Stellen Sie Herrn . . . Sidle? – – Seidel . . . einen Erlaubnisschein aus, nach . . . Frisco? – San Francisco zu fahren, mit der »Manua«. Ja.«

*

Ich habe meinen Erlaubnisschein, alles in schönster Ordnung. Ein Hamburger namens Gosche bietet mir in seinem Samoahause, wo er mit seiner samoanischen Familie lebt, Logis an, und diesem Herrn verdanke ich unendliches Material über alles Erdenkliche, was die Inseln betrifft, abgesehen von Beobachtungen, die ich auf eigene Faust anstellte und deren Quintessenz in meinem Samoabuch »Der Buschhahn« verwertet ist. Die »Manua« erscheint pünktlich, kohlt jedoch nur und nimmt keine Passagiere an Bord, da sie wegen eines kranken Niggers in Quarantäne erklärt ist. Dies ist eine Finte. Die australischen Hetzblätter servieren belgische Greuel und die Stimmung der Colonials gegen uns hat einen Stich ins Tückische bekommen.

Dazu kommt, daß ich mit einem emeritierten Captain Scott, der sich hier schon während der deutschen Verwaltung preußenfresserisch betätigt hat, in einen Wortwechsel gerate. Ich fühle mich – als »Privatgelehrter«, noch dazu mit Tottenhams Erlaubnisschein gepanzert, verwegen genug, um es während einer verlängerten »Sitzung« auf so etwas wie eine »Kriegsschuld- und belgische Greueldebatte« ankommen zu lassen. Diese Debatte bringt gewisse handfeste Akzentuierungen in Fluß, unter denen – entsinne ich mich dunkel – eine leere Whiskyflasche ein ausschlaggebendes Argument wurde. Ich erkenne bald genug, daß ich auf jeden Fall den kürzeren ziehen würde, denn Scott ist, bei Licht besehen, ja schließlich Brite und hat jedes erdenkliche Oberwasser – mag er auch zehnmal ein versoffener alter Rowdy sein.

Ich sehe darum ein, daß ich in Apia nicht populär werden darf und ziehe mich in die Berge nach Afiamalu zurück, zu einem alten Schweden namens Larsson. Gosche unterhält mit mir die Verbindung durch seinen kleinen Halfcaste-Sohn, der mich über die Möglichkeiten unauffälligen Durchbrennens rechtzeitig unterrichtet und alles vorbereitet. Je zweiwöchentlich kommt ein Motorboot von Pago-Pago, Tutuila, das die Post bringt und das nächste Mal muß es sein.

Scott hat meines patriotischen Exzesses halber keinen Schlaf. Das erste Billetdoux des Besatzungskommandos kommt mit einem Leoleo (fam. Polizisten) zu Pferd herauf. Ich werde »in einer Ermittlungssache als Zeuge gebeten«. Unterzeichnet: »Lt. Sims.«

Ich zeige dem Leoleo ein dick verbundenes Bein. Ich lasse zurücksagen, mein Befinden erlaube mir erst in einer Woche, hinunterzukommen. Er bekommt Portwein und Zigarren, singt schließlich und reitet vergnügt ab. In fünf Tagen geht das Motorboot. Leutnant Sims hat die Anteilnahme, sich schon nach drei Tagen wiederum nach meinem Bein zu erkundigen und schickt ein leeres Pferd mit. Auch ist der Leoleo nicht derselbe; er grinst zwar, ist aber unbestechlich. Meine Versuche, das Pferd zu besteigen, mißlingen trotz seiner Hilfe. Ich falle auf mein Bein und ächze herzzerreißend. So muß auch er abziehen.

Das dritte Mal, fühle ich, werden es zwei Tommies sein. Ich muß mich beeilen. Übermorgen geht das Motorboot.

Der alte Schwede zieht mir seine ausgefransten »Overalls« an. Rasiert habe ich mich seit drei Wochen nicht. Gosche hat meinen Koffer auf dem Motorboot verstauen lassen. In der Nacht gehe ich hinunter und mische mich unter die Besatzung, die aus vier Mann besteht. Ich bin ausgewechselt gegen einen farbigen Heizer, der fünf Pfund Sterling dafür nimmt. So stimmt die Zahl. Der Besitzer des Bootes, ein gemütlicher Yankee, macht sich einen Sport aus der Angelegenheit.

Das Boot bleibt den ganzen Vormittag im Hafen liegen. Gemütlich ist es mir nicht zumute, denn die Hafeninspektion der Besatzung kommt an Bord und sieht auch die Passagiere an. Gottlob ist es ein »Sub«, der sie führt, und der beschränkt sich darauf, die Liste mit dem Finger herunterzufahren und lediglich zu zählen. Ich sitze auf dem Geländer und rauche; ich sehe noch, wie er mir sein lachsfarbenes, schmales Gesicht mit den etwas törichten weißblauen Augen ruckweise zuschiebt und nebenhin fragt: »Belong to crew?« Und mit 110 Pulsschlägen im Ohr grunze ich wieder zurück, versonnen-gelangweilt: – »Yes, Sir . . .«

Dann steigt er mit Storchschritten ins Boot zurück. Bald darauf beginnt der Motor zu knattern – o schönste Musik meines Lebens . . .

Auf Tutuila, dem amerikanischen Teil der Samoagruppe, gehe ich an Bord der Navua von der Oceanic-Steamship Co., bekomme einen Schweizer Paß, den ich nicht anzuwenden brauche, und gelange über Honolulu nach den USA., dem »Land der Freiheit«, der »Heimat der Tapferkeit« . . ., dem »Hort wahrer Menschlichkeit«, der »Schirmburg der Zivilisation . . .«.

Der künftige Luther des Islams

Es gibt Menschen, die gänzlich verschwinden, auch wenn sie Kristallisierungspunkt geistiger Strömungen sind.

Wer kann sie herausholen aus den wimmelnden Massen Indiens, wer weiß von ihnen, deren Namen wie Scheidemünzen umgehen unter Millionen ihresgleichen?

Der Regent von Batavia, Raden A. A. Djajadiningrat, warf den Namen »Hadji Salim« ins Gespräch. »Wenn Sie sich«, meinte er, »mit allen geistigen Strömungen hier bekannt machen wollen, so darf dieser Mann als Abrundung nicht fehlen.«

Diese kurze Erwähnung verhallte nicht ungehört, der liebenswürdige Sekretär des Regenten schrieb die Adresse auf. Am nächsten Tage morgens nahm ich ein Auto und gab Weg und Adresse, aber nicht den Namen an. Das Auto irrte pflichtschuldigst zwanzig Minuten umher, bis ich endlich den Namen selbst nannte ... Da geschah etwas Unerwartetes: der braune Chauffeur grinste breit; »Hadji Salim!« sang er, als ob dies magische Wort Würze sei für seine Zunge; ein Ende war's aller Fragen und wie ein Pfeil schoß der Wagen auf sein Ziel los ...

Das Ziel war ein Haus wie tausend andere, an der Peripherie der Stadt, dem kanaldurchzogenen Goenoeng Sarih gelegen. Es tritt, wie jedes Beamtenhaus, mit einer Einfahrt von der Straße zurück; links hängt ein Schild mit dem Namen des Blattes »Hindia Baroe«, dessen Redaktion es beherbergt.

Ein älterer Indo-Europäer mit dem Aspekt eines würdigen Bureauvorstehers nahm meinen Wunsch, Herrn A. Salim zu sprechen, mit leicht verblüfftem Zögern entgegen. Er wies mich an dessen Sekretär, einen höchstens 24jährigen, intelligent aussehenden Malaien. Auch dieser war etwas »put out« durch das Ansinnen, schlug mir aber vor, meinen Wissensdurst selbst zu befriedigen. Ich lehnte das ab, ließ etwas von der Bemerkung des Raden fallen und versteifte mich auf die Note »dringend«.

»Nun gut«, sagte der würdige Bureauvorstand, »wir werden versuchen, den Hadji zu erreichen ... Er ist momentan nicht hier ... er ruft Sie an im Hotel ...«

Ohne mir viel Illusionen zu machen, fuhr ich ins Hotel zurück. Inzwischen gingen wohl einige Anfragen hin und her; dann, kurz vor Mittag, traf eine sanfte, wie aus weiter Entfernung dringende Stimme an mein Ohr, die in tadellosem Deutsch sprach: »Ich erwarte Sie nach eins im Büro.«

Diesmal warf ich dem Chauffeur lediglich den Namen hin und war in fünfzehn Minuten zur Stelle. Sanft untereinander tuschelnde Boys geleiteten mich in ein etwas kahles Redaktionszimmer und die Tür schloß sich. – Nach einigen Minuten ging sie wieder auf und die Stimme des älteren Herrn informierte mich: »Der Hadji . . .«

Ich gestehe, daß ich im ersten Moment kaum Worte der Begrüßung fand und meine präparierte kleine Einleitung mir fast in der Kehle steckenblieb. Denn was da hereintrat, nacktfüßig, in verschlissenes Khaki gekleidet, staubgrau, lautlos und wie auf Vorschuß lächelnd, war einer der Vielen, ein Staubkorn aus dem schwirrenden Haufen, kaum einer Kopfdrehung wert . . . »Wollen Sie nicht«, sagte dieses Phänomen und schüttelte mir nun die Hand, »Platz nehmen? Womit kann ich Ihnen gefällig sein?« Und als ich mich erschüttert niedergelassen, sah ich auf einmal eine sinnende Intelligenz in diesen braunen, etwas schiefen Malaienaugen aufglimmen, die den winzigen Mann, der mir kaum zur Schulter ging, in einem Augenblick hoch über seinesgleichen hob. Und während er sein dünnes Kinnbärtchen, eine Art Mandarinenfliege, zwischen langen Fingern aufmerksam zwirbelte, erklärte ich ihm mein Anliegen.

Ich sei als Selbständiger, auf kein Parteiinteresse vereidigter Beobachter in Indien. Unter den vielen Bewegungen, deren Ziele und Zwecke noch unklar seien, die dem Gebildeten in Europa nicht viel mehr als ein Name bedeuteten, nehme der »Sarikat Islam« eine der ersten Stellen ein. Es fehle noch eine klare, knappe Zusammenfassung des Programms; ob er sie mir nicht anvertrauen wolle?

»Das will ich gern«, sagte er bereitwillig. – Was ich nun, nach seinen in fast fehlerfreiem Deutsch vorgetragenen Ausführungen, folgen lasse, ist meiner Meinung nach etwas so Erstaunliches, daß es nur mit den Umwälzungen der Reformation verglichen werden kann. Und der Aufstieg des bedeutungslosen Malaien und seine Absichten legen keinen anderen Vergleich nahe als den Titel, den ich ihm in der Überschrift dieses Berichtes gab. Seine Worte verrieten wenig von haltloser Schwärmerei oder tobendem Fanatismus: sie klangen bündig und von einer unbeirrbaren Sachlichkeit durchtränkt. Ich selbst ziehe keine kritischen Schlüsse; ich gebe seine Darstellung, den Ausdruck seiner Interessen; der Hadji gab mir zu verstehen, daß er gegen die Publikation seiner Theorien nicht nur nichts einzuwenden habe, sondern daß es im Gegenteil erwünscht sei, mit der westlichen Presse in Fühlung zu treten.

»Ich bin Malaie und stamme aus Menangkabau, an der Westküste Sumatras. Zunächst studierte ich in Batavia. (Unter »studieren« versteht der Hadji offenbar die Volksschule, da die »höhere Bürgerschule«, die unserem Gymnasium entspricht, eher schon von reicheren Chinesen frequentiert wird.) In erster Linie lernte ich Sprachen – ich spreche Arabisch, Hindi und alle indomalaiischen Zungen – und wurde dem holländischen Konsulat in Dschidda und Mekka als Dolmetsch für fünf Jahre zuerteilt. Als ich nach Arabien ging, war ich überzeugter Marxist. Doch dort lernte ich den Koran kennen, verstehen Sie, das »Wort« in reinerer und schlichterer Auslegung, das unverfälschte, durch keine Zweckauslegung geschwächte, durch keinen Animismus oder zersetzten Hinduismus entstellte Wort – und ich sah auf einmal, daß im Koran eine gesellschaftliche Basis lag oder Keimgrund für alle östliche Ordnung und somit auch ethische und politische Orientierung. Der Marxismus – eine Theorie – war auf einmal nackt und grau, wie jede Theorie; und grün . . .« Hier half ich ihm ein: »Ist die Fahne des Propheten!«

Sein Kinnbärtchen, unablässig gestrählt, stellte sich steil auf; er hatte den Kopf amüsiert in den Nacken geworfen. – »So kann man sagen; gewiß . . . eine passende Version! – Als ich dann wieder drei Jahre in der Heimat weilte, wuchs die Überzeugung in mir, daß eine östliche Freiheitsrevolution im wahren Sinne nie möglich sein wird unter der Kontrolle einer westlichen Kolonialmacht. So haben, trotz aller Kompromisse und ins Auge springenden Bildungs- und Verkehrsinstitutionen, die Europäer sich kein Verdienst um die breite Masse hier erworben. Die Praktiken sind andere, gewiß. Es gibt viele wohlmeinende Leute, auch in der Regierung. Aber kratzen Sie diese wohlschmeckende Außenschicht ab, es kommt ein rauhes, stachliges Gehäuse, die Nuß, die nie zu knacken ist, der Fremdkörper, . . . das ist der Geist vom Geiste der Ostindischen Compagnie.

Denn solange Holland Indiens bedarf – und es steht und fällt mit ihm – solange andere Westmächte Indiens bedürfen als eines billigen Freigrundes für Kapitalinvestierung, solange wird das Home-Rule für diese Länder, wenigstens auf ökonomisch-politischem Gebiet, für undenkbare Zeit eine Schimäre bleiben.

1915 traf ich in Buitenzorg einen Herrn Kuyl, der im Verdacht stand, als Spion der deutschen Regierung mit Arabern und Javanen zusammen auf revolutionärem Wege gewisse Reformen von der holländischen Regierung erpressen zu wollen. Auch mein jetziger Freund Tjokro-Aminoto sollte bestochen worden sein, diesem Aufruhr mit Hilfe der Organisation des Sarikat Islam den Weg zu ebnen. Zwar bin ich Anhänger der Freiheitsbewegung, aber war von jeher Feind jeder sprunghaften, gewaltsamen Änderung. Schon der bloße Versuch hätte uns in viel tiefere Abhängigkeit verstrickt.

Als darum die Polizei an mich das Ansuchen stellte, als sprachenkundiger Detektiv diese Sache zu untersuchen, nahm ich den Auftrag an. Ich konnte feststellen, daß nichts Positives hinter den Gerüchten steckte. Bei dieser Gelegenheit jedoch lernte ich den Sarikat Islam kennen und machte mir ein Bild seiner Organisation und seiner Absichten. Die Folge davon war, daß ich diesem Bunde beitrat.

Ihre erste Bitte, mein Herr, war die um eine klare Darlegung dieser Bewegung. Diese Darlegung kann noch nicht klar sein, da sie selbst für mich in ihrer jetzigen Entwicklung schwer überblickbar ist. Immerhin läßt sich folgendes feststellen:

Die Bevölkerung Niederländisch-Indiens können wir uns in drei Hauptschichten getrennt denken: die Intellektuellen, die Mittelklasse und das analphabetische Volk. Dazwischen gibt es natürlich Übergänge. Unter Mittelklasse verstehe ich die Leute, die heimischen, aber keinen westlichen Unterricht genossen haben. Der Sarikat Islam durchläuft diese drei Schichten, hat jedoch noch am wenigsten seine Vertreter unter den Intellektuellen. Seine Position läßt sich vergleichen mit dem Anfangsstadium der Sozialdemokratie in Europa; seine Exponenten mit jenen wenigen, die sie klug vertraten; seine Gefolgschaft mit der damaligen Ratlosigkeit dumpf brodelnder Bedürfnisse, die noch keine schlagkräftige Formulierung kannten.

Die Bewegung konnte sich seit 1913, ihrem Geburtsjahr, nicht selbständig entwickeln. Die Regierung weigerte sich, sie als Großpartei anzuerkennen. Sie gestattete lediglich städtische Organisation und zersplitterte sie dadurch. 1918 betrug die Mitgliederzahl zirka zwei Millionen. Wegen der Erschwerung durch die Kontrolle haben wir jetzt (1925) keine genauen Zahlen. Inländische und weiße Obrigkeit, Regentenbund, Residentschaften behindern naturgemäß nach Kräften ihre lokalen Äußerungen.

Der Wunsch der Moslems, ihr ökonomisches Leben zu ordnen und auf gesunde Basis zu stellen, ist eine Forderung der Religion. Deshalb hatte auch der Kampf, aus dem die ganze Bewegung entsprang, in seinen Uranfängen religiösen Hintergrund: es war der Kampf gegen ökonomische Versklavung durch das chinesische Kleinkapital – die nächstliegende und darum erkennbarste Fessel. Damit schlug sich das dumpfe Volk herum. Die höheren Eingeborenenschichten sahen über diesen Stacheldrahtzaun hinweg und erkannten die weitaus gefährlicheren Mauern, die unübersteiglichen, mit denen das europäische Großkapital sie umringt. Über diesen Ring hinüber nun galt es für sie, mit den außerindischen mohammedanischen Völkern in Berührung zu kommen. Dies ist den Intellektuellen auch gelungen.

Die Masse hat aber noch nicht einmal das klare Bewußtsein, zu einer großen Völkergruppe zu gehören. Die eigene eingeborene Verwaltung ist in ihren Interessen aufklärungsfeindlich gestimmt. Die größere Bewegungsfreiheit, die ökonomischen Erleichterungen, nach denen das Unterbewußtsein dieser dreißig Millionen schmachtet, ohne daß sie in die Lage versetzt werden, diese eigenen Wünsche zu formulieren – dieses Ziel, sage ich, wird ihnen klug unterbunden, und zwar folgendermaßen:

Man schuf den »Volksraad« und ließ darin die Volksvertretung zu Wort kommen. Mein Herr, der »Volksraad« ist eine Schwatzbude, in der mindestens ebensoviel Idealisten wie Opportunisten sitzen. Sie halten sich ungefähr die Waage. Was darin gesprochen wird, nimmt man zur Notiz oder läßt es verpuffen, je nach Bedarf. Im Grunde genommen ist er – indirekt – auch nur ein Kontrollorgan der Regierung. Dann haben wir die Religion; und diese wäre eine wunderbare Brücke von den Massen zur Obrigkeit; die Mullahs wären die gegebenen Mittelspersonen. Wie Sie wissen, kennt der Islam keine Priester. Aber hier wurde durch die Regierung künstlich eine Kaste geschaffen, die befugt ist, alle mit dem Urrecht zusammenhängenden Funktionen auszuüben, wie Heiraten, Erbschaftsfälle und ähnliches. Diese Kaste ist natürlich die einzige zur religiösen Unterweisung befugte, und sie ist insofern ein Instrument der Regierung, als sie den Koran in einem der Obrigkeit zweckdienlichen Sinn auslegt. Ganz konsequent ist es auch, daß zur Gottesdienstlehre überhaupt die Abstempelung der Regierung notwendig ist; in Britisch-Indien ist dies nicht der Fall. – Deshalb haben die Moscheenämter hier eine Lehre verbreitet, die dem Islam fremd ist. Die Kanzel ist zur Waffe der Obrigkeit degradiert. Der Sarikat Islam will der Masse das reine Koranwort bringen. Sie finden in ihm viele Übereinstimmungen mit der sozialdemokratischen Idee. Die beiden obersten Schichten sehen im Islam eine gesellschaftlich-politische Organisation, im Gegensatz zu der antigesellschaftlichen Auffassung von Marx oder Engels. Deshalb, und das möchte ich stark betonen, kennt der Sarikat Islam keine proletarische Diktatur und lehnt Moskau ab.

Er läßt sich gut vergleichen mit der Manär-Partei in Ägypten. Der Gedanke des Stifters, Mohammed Abu, war eine Lostrennung der religiösen Praxis von der Besatzungskontrolle. Zurzeit ist ihr geistiges Haupt Mohammed Reschid-Risar. – Was nun die geistigen Führer, die Oberschicht des Sarikat Islam betrifft, so ist ihr Programm zu allererst geistige Selbständigkeit. Diese involviert natürlich die panislamische Idee. Sie sehen also, mit der Mittelschicht, im Islam hauptsächlich eine neue gesellschaftlich-politische Struktur, einen Gedanken von solcher durchdringend-einigenden Macht, daß er jeder militaristischen Unterströmung entbehren kann. Die Türkei hat dem Islam seit ihrer Revolution schlecht gedient. War früher der Scheich ul Islam ein bloßer Sündenbock des Kalifen, zuletzt Abdul Hamids, ohne politische Bedeutung, und war früher die religiöse der Kalifatsidee untergeordnet, so verschwand sie vollends unter der Militärdiktatur Angoras. Kemal Pascha ließ ein Zerrbild zu, die Religionskommission, die lediglich strammzustehen und auf seine Politik den Segen Allahs herabzuflehen hatte. Ja, die moderne Türkei steht dem Kalifatskongreß direkt widerstrebend gegenüber.

Die Mittelschicht des Sarikat Islam, meistens Händler mit eingeborener Schulbildung, wünscht jetzt zunächst Niederländisch-
Indien zu islamisieren und Kenntnisse zu verbreiten. Es besteht
natürlich ein offener unüberbrückbarer Gegensatz zur privilegierten
christlichen Mission und zur »Sendung«.

Kommunismus? – Nein, damit hat der Sarikat Islam nichts zu
tun. 1921 stieß er, mit Hilfe Tjokro-Aminotos, die roten Mitglieder
aus. Daraus wurde der Sarikat Raiat, die »Volkspartei«, deren Leiter
Darsono sich zum Moskauer Programm bekennt. Das heißt, er will
Unruhe, und er bekommt sie. Wir lehnen Moskau ab. Wie die
Manär-Partei, wenden wir uns in erster Linie gegen die Verpolitisie-
rung des Islams. Der Koran ist keine Schlagwortangelegenheit für
die Gosse.

Nun zur Masse des Volkes. Für den Sarikat Islam bedeutet, vom
Standpunkt des Korans, die Tatsache der Verpachtung der Regie-
rungsländereien an das Volk eine ungerechte Übervorteilung des
Volkes. Nach dem Koran kann die Obrigkeit nur ein Zehntel der
Ernte fordern. Die hiesige Obrigkeit aber schädigt den Eingeborenen, wenn man alle Steuern zusammenrechnet, um fast 80 v. H.
seines Einkommens. Und wie steht es mit einer volkstümlichen
schlichten Kommentierung des Korans? – Sie geben sich orthodox,
unsere Mullahs; – das taten aber auch die zaristischen Popen . . .

Ich habe das Wort. – Ich bringe ihnen das Wort. – Sie sollen für-
der keine Hypotheken mehr verzinsen von Gütern, die im Monde
liegen. – Es gibt kein Heil auf Erden, wenn nicht jeder Moslem ernst
macht mit dem Islam. Er ist das wahre Heil zwischen den Extremen:
Kapital und Marx. Eine feste Ordnungsmöglichkeit ruht nur in der
Religion.

Nun zu den drei existierenden Hauptorganisationen. Wir haben:
1. den Sarikat Islam politisch-religiös, 2. den Islam-Kongreß unpoli-
tisch, nur religiös. Er umfaßt auch andere islamitische Bünde. Das
gemeinsame Ziel: eine Oberste Theologische Instanz ist noch nicht
erreicht, 3. den Kalifatskongreß. Er ist eine Mischung der beiden
ersten. Er ist politisch und religiös; sein Ziel ist Niederländisch-
Indien an den außerindischen Islam anzuknüpfen, das heißt an: die
Kalifatspartei in Britisch-Indien, die Gema'at Khilafat bin Wadi Nil,

die Partei des Königs Fuad, die Mekka-Partei des Ibn Saūd, und sonst ganz Nordafrika.

Der hier gegründete Kalifatskongreß findet das nächste Mal im Dezember 1925 in Soerabaja statt. Wie ich Ihnen sagte, behindert die holländische Regierung das Abhalten großer, allgemeiner Kongresse nicht. Aber die kleineren Kongresse in den Dörfern werden erstickt, und zwar von den Fürsten. Hier war die Regierung schlau genug, die ehemaligen Blutsauger am Volk, die Regenten, zu Häuptern der islamitischen Gemeinden und Ehrenvorsitzenden der Affdeelings-Banken zu machen. Es ist der versteckte Autokratismus, gegen den der Koran sich wendet!

Wie erreichen wir dann das Volk? – Der »Hindia Baroe« ist ein kommerzielles Blatt, dessen Spalten einem Parteiführer des Sarikat Islam offenstehen. Er tut es auf eigene Verantwortung. Unser eigentlichstes Propagandaorgan ist der »Bandera Islam«. Zu allen nationalistischen Verbänden, z. B. dem »Boedi Oetomo« stehen wir freundschaftlich, wenn uns auch in deren Programm prinzipielle Gegensätze trennen . . .«

Ich glaubte jetzt, da auch der Hadji schwieg, alles Wissenswerte erfahren zu haben. So verabschiedete ich mich von dem merkwürdigen Mann, der auf Java, offenbar besten Glaubens, eine Tätigkeit entfaltet, deren Ergebnis so lange problematisch bleiben wird als das Wort besteht: »East is East and West is West.«

Denn nicht nur in der Daseinsauffassung, sondern auch in den Methoden klaffen Abgründe, die nicht zu überbrücken sind. Aber eben diese Methoden (zunächst schwer verständlich, weil sie der westlichen Logik entraten) erzwingen sich wie bei Ghandi Erfolg. Wir können sie empfindungsgemäß würdigen, wenn auch unser Selbstbehauptungstrieb ihnen immer in die Speichen fallen wird.

Beim Hadji Salim sehen wir ein Phänomen: Große geistige Bewegungen, Reformation und Sozialismus, die bei uns um 300 Jahre getrennt waren, finden sich hier *zeitlich zusammengerückt*. Daraus ergibt sich ein Bild, das in Europa nicht hergestellt werden konnte.

Der Hinkefuß von Port Said

Gelbe Segel hingesprenkelter Fischerboote, schaukelnd in friedlicher Pärcheneintracht; – herübergeirrte Hornisse, zitronengelb schnurrend hinter runder Scheibe des »Stierauges«; zarte Silberstiftstriche dreier Schornsteine, auf weißem Faden aufgereiht! – So meldet sich der Koloß Afrika. Dann kommt dies unendlich klarfarbige und plastische Gewimmel, der äußerste Zipfel des Deltas: Port Said ... Du hast kaum Anker geworfen, so stürmt dir diese Stadt schon entgegen. Vorläufig sind es Horden von Geldwechslern, Teppichhändlern und solchen, die den Verschleiß von Straußfederfächern zum Daseinszweck erkoren haben.

Du kämpfst dich durch und kommst an Land. Hier wird das Straßenhändlertum, werden die aufdringlichen braunen Hände, die dir phantastisch unnützen europäischen Exportschund unter die Nase stoßen und an deinen Kleidern zupfen, zu einer wahren Pest. Dein Gesicht läuft krebsrot an; kaum kannst du Luft bekommen. Zuviel sind der Verlockungen, der Suggestionen. Schließlich brüllst auch du; und was brüllst du? »Emsch j'allah!«

Bis die nächste frische Horde um die Ecke streicht, hast du für fünf Minuten Ruhe. Sie weichen zurück; sie grinsen breit; du hast gerufen: »Geht mit Gott«; aber du hast es zornig gerufen. Darin liegt Komik, und die arabischen Leichtathleten und Kurzstreckenchampions empfinden das. Es ist erheiternd, wenn man Segenswünsche im Tonfall der Verfluchung äußert. Manche schlagen sich auf die Schenkel, so daß der ganze Kramladen an ihrer Brust ins Klirren kommt, und kopieren dich bellend, grölend, atemlos vor Lachen: »Emsch j'allah!«

Nun aber geschieht mir etwas hier, und das muß ich registrieren. Mein Ägypten von 1913 erkennt mich wieder. Es schickt mir einen Schirmherrn, einen »Abu Nabbut«, einen »Vater des Knüppels« – irgendwoher taucht er auf, magnetisch angezogen von meiner Not. Er ist gar nicht repräsentativ. Ein magerer, gebeugter Fünfziger, blatternarbig, dunkel brennenden Auges, in einer dunkelblauen Kelabije aus ehemals besserem Stoff – So kriecht er wie eine Spannerraupe in der Luftlinie heran. Man wende nicht ein, dieser Vergleich hinke! Er schwingt sich, dieser Bresthafte aus der Hefe, an zwei Krückstöcken herzu, fast zwei Meter deckend bei jedem An-hub; zähneknirschend, hohläugig, mit aller Energie wütendster Servilität . . . Und bei der Gruppe meiner Peiniger angelangt, schreit er wie eine Posaune ein unvergeßliches Wort. Er schreit nicht, auch ihm gebühre ein Plätzchen an der Sonne, am »Herrn Baron« oder »Kapitän«; er nennt sie nicht auf saftiges Vulgär-Arabisch »vor Al-lah verworfene Abfallprodukte«, »Rinnsteinerzeugnisse«, oder, näherliegend etwa: »Söhne von sechzig Hunden« – nein, während sein Arm mit erhobener Krücke wie ein Fledermausflügel flattert, schreit er mit aufräumender Stimme: »Gehn Se weck!! Ach!! *Gehn Se weck!!*«

Was? Wie ist das? Höre ich recht? Ägypten selbst, das mir zu Hil-fe eilt und sich der Potsdamer Zunge bedient? Deutsch lispelnd, nimmt mich das Tausendjährige ans Herz? – – Und siehe da, es erweist sich: der Alte an den zwei Krücken ist eine Straßenmacht! – Die Kerle grinsen und weichen, die Horde läßt ab, der ganze Kitsch verflüchtigt sich, Augen rollen von mir zu ihm; und noch immer vor mich hingepflanzt, beide Krücken abwechselnd schwingend, gewaltige dunkelblaue Schutz-Fledermaus, bellt er ihnen nach: »Gehn Se weck! – Ach!! Gehn Se weck!«

Nachdem er solchergestalt Beweise seiner Macht gegeben, ent-blättert ein unsagbar dreckiges Stück Papier, auf dem vermerkt steht: »Take this man. He cheats you less than the others.« Mit dem Stempel eines – offenbar nicht unsachlichen und unwitzigen – eng-lischen Bureaubeamten. Er sieht mich voll fanatischen Selbstver-trauens an. Er weiß: »Dies Papier ist gut. Superlative stehen nicht drin, Allah weiß es. Aber auf die Ingliz wirkt es wie Zauber.« – Mit einem Schlag wird mir klar, woher die Straßenmacht kommt. Offi-ziell beglaubigte Tugend ist's, die diesem Einäugigen unter Blinden die Segel bläht. In dieses Stück Papier ist das Schicksal seines frühe-ren und zukünftigen Lebens verwoben; sein Amulett ist's, seine magere, doch stetig anzapfbare Stallziege, sein moralischer »mas-cot« und Neutralitätswimpel; und in diesen von Fliegendreck, Kaft-anschweiß und fettigen Medikamenten besudelten Fetzen Kanzlei-papier ist er hineinverbissen wie eine Dogge. Ich kann mir die von Diebesangst schwangeren Nächte denken, wenn er ihn in den Tur-ban hineinpraktiziert, unter die gestickte Kappe vielleicht, eng an seinen armen, trüben Fellachenschädel. Er kann, wie sich herausstellt, leidlich gut Englisch; doch den finsteren Humor des Schriebs, das »Vonhintenherum« der Lobeserhebung – das schiebt er aus seinem Verständnis fort. Es gibt andere beglaubigte Fremdenführer, gewiß, die haben schöne lange Zeugnisse, die von Ausdrücken wie: »excellent« und »reliable« nur so strotzen. Er sticht sie aus. Er weiß den Grund nicht, die *Tatsache* genügt ihm für seine alten Tage.

Ich lache also und nicke. Der Imperator der Gasse hierauf schreit hohlen Tons und voll; der Laut zerspaltet sich an vier Ecken, und schon ist eine Gummidroschke zur Stelle. Der Berberiner Kutscher zieht das Maul schief, als er das wandelnde Gewissen seiner Kaste sieht, und der »Vater der Ehrlichkeit« klettert an seinen Krücken zu ihm auf den Bock hinauf, ohne daß jener sich zur Hilfeleistung rührt. Eine strenge Taxameteruhr des lieben Gottes bist du, empfinde ich gerührt; und dann bin ich wieder unterwegs auf der alten, rauschartig gleitenden, traumähnlichen Zweistundenfahrt in langsamem Trab, gewiegt von Brisen und Gerüchen, vorbei an endlosen, schwarz starrenden Augenpaaren und den Flüsterwellen halbheller Basare.

*

Mit allen Fibern sauge ich in dieser modernen, unechten Hasenstadt, in der sich doch das uralte Treiben niederließ wie ehedem und immerdar, diesen Orient wieder in mich ein. Geblähte Gesichtsschleier, weiß gekalkte Moschee im intensivsten Kristallblau... Daud am Schöpfrad, den ich hier erlebt, Hassan-Bey-Muharram, der Diener der Verworfenen, sie werden wieder in mir lebendig und lächeln über zwölf Jahre hindurch ihr altes, etwas eitles, gleichbleibendes östliches Lächeln – über zwölf von ödem Gepolter, blechernen Schlagwörtern und trüber Zersetzung erfüllte Jahre! ... Sie gehen, kleiner Schuhputzer und Straßentaschenspieler, kindlich die Hemden gerafft, oder als feiste, guttural schwatzende Herren im Tarbusch, plastisch und doch schemenhaft an mir vorbei. Oh, über die weisen Opportunisten und sonnigen Tagediebe! – Und mitten unter ihnen, die Faust im Starrkrampf schier vor nervösem Behauptungsdrang und kahlem Machtwillen, die Sperbernase witternd im Schatten des Tropenhelms: England... Mit Konzessionen pflastert es seinen Weg, Zugeständnis über Zugeständnis macht es an die sonnigen Opportunisten, an die ägyptischen Parlamentarier, an diese empfindlichen, umhergescheuchten, immer hoffnungsfrohen, immer enttäuschten Herren: doch sie drehn ihm lächelnd und schmeichelnd jetzt manches aus der Hand, denn nie war eine Überzeugung reifer und brünstiger als die des Zaglul!

Und wir, die Parias unter den Weißen? Die diskreditierten Halbbrüder, gegen die man Farbige hetzte...? »Gehn Se weck! – Ach!! Gehn Se weck!« schreit Mohammed-abul-Sikr und wedelt mit beiden Krücken... Dieser Pascha der Gasse nimmt uns in Schutz, umzirkelt uns, krückenschwenkend: »hands off!« – Wen ich heranlasse, den läßt auch er heran. Stelle ich mich taub (er belauert meine Miene), so stempelt er das feilschende Geschöpf zum Auswurf. Polizisten grinsen. Er hat mich gepachtet. Er setzt sich, pompös auf seine Krücken gestützt, an den Nebentisch. Er verwaltet meine Einkäufe; läßt es sich nicht nehmen, unter blumigster Inanspruchnahme des höchsten Wesens und Hineinbeziehung seiner Mutter, meine Pakete selbst zu schleppen und zu bewachen. Er drückt die Preise erbarmungslos, fanatisch glühenden Blickes. Ummurrt vom Pöbel, dem er das Geschäft verdirbt, thront er bei gespendeten Zigaretten und Kaffee, als habe ich ihm einen lebenslangen Vertrauensposten samt Altersversorgung geschenkt. Bei Engländern, das weiß er, kriegt er Fußtritte und herbes Nasenpusten als Entgelt. – Bei Deutschen nicht. Die lassen ihn leben und mitverdienen; sein Gebresten ist ihnen nicht gleichgültig. In seinen tiefliegenden Augen liegt eine schattenhafte Erkenntnis dessen, was uns von jenen trennt...

Nun aber röchelt die Schiffssirene; man muß an Aufbruch denken. Diesmal geht es zu Fuß zur Pier zurück, und der »Vater des Knüppels« mit großen, schwingenden Hopsern, bahnt mir eine Bresche. Ich habe mir, trotz seines finsterergebenen Protestes, selbst einen Teil der Pakete aufgeladen; er läßt es nur geschehen, weil es im Hinblick auf seine Bresthaftigkeit geschieht. »Toktok«, sagte seine gehöhlte Zungenspitze mit Schnalzlauten am Gaumen – »ein edles Herz hat dieser Effendi...« Schier bedauernd blickt er mich an, doch es gibt eine Brücke, die sich von krankem Alter schlagen läßt hinüber zu beschwingten Jahren, und die hat nichts mit Hautfarbe oder Kaste zu tun... So akzeptiert er's; seine Ärmel flattern; seine Krücken krachen rhythmisch aufs Pflaster... Am Motorboot bekommt er die ausgemachten zwei Schilling.

Nun ein letztes Erstaunliches: gibt man einem Araber hier einen unter Beteuerungen und Unterbietungen der anderen vorher vereinbarten Tip, so meint er selbst, und der Effendi meint es im Grund auch – das Doppelte. Sonst wird das Geld zu heiß in der braunen Hand; sie schlenkert es zurück, und es kühlt nur ab, wenn es mehr wird. Dieser jedoch nimmt die zwei Schilling ohne Gezeter, ohne Schreckschüsse; nimmt sie still und selbstverständlich. Er bekommt einen draufgelegt; ei, da freut er sich.

Ich seh' ihn am Kai stehen, den alten, rissigen Mund wie flötend gespitzt, hingerissen auf die Stütze beider Krücken, denn die andere Hand vollführt das Salaam. Ich höre noch die dringliche Frage in schlechtem Englisch, wann ich wiederkomme; dann sei er wiederum mein Mann.

Fern, als Silhouette gegen das staubige Abendrot, voll grotesker Krümmungen und Streckungen, entschwindet er.

Altägyptisches Alltagsmosaik

I.
Erwachen

Nirgendwo wird man so seltsam süß geweckt wie hier . . .

Ich liege vor dem offenen Balkonfenster unter dem Mückennetz aus einem jener pompösen Messingbetten, die in keiner »Pension« Kairos fehlen, und fühle, daß ich erwache. Ein Lüftchen spielt von draußen herein und bauscht das Netz bis vor meine Nase, so daß ich, als erste Morgenaussicht, die daran baumelnden Leichen dreier Moskitos genieße. Noch vor einigen Stunden, in der Schwärze, hatten gestaltlose Dämonen aus schrillen Tuben trompetet; hatte ein tobender Kampf gegen Ungeheuer gewütet –: wie sieht nun dies Schlachtfeld aus nach all den Opfern an Schweiß und dunklen Finten? – Drei verschmierte Klümpchen . . .

Ich hebe das Netz empor und spähe über das Balkongeländer. Auf den Mokattam-Hügeln liegt ein Band aus Türkis, durchblinzelt noch von zwei Sternen. Das flache Dächermeer ruht farblos darunter im fahlen Halblicht. – Ich höre ein Summen wie von vielen Bienen; von allen Seiten zugleich.

Das ist der vereinigte Morgenanruf Allahs, der von allen Türmen schwimmt.

Im Faust verkündet ungeheures Getöse den Aufgang der Sonne. – Hier wird die Sonne mit Gesang hervorgelockt. Er schwillt auf und ab; höhere Lagen überschneiden sich mit tieferen. Ein ganzes Netz von ekstatischem Gesumm spinnt sich über die große Stadt. – Allmählich erbleicht das Türkisband im Osten; die schwarze Wölbung wird aufgehellt; inniges Kristallblau entfaltet sich wie ein Fächer, und die zündende Lohe rückt über die Hügel . . . Die Minarette verstummen, eines nach dem andern. Die kleinen schwarzen Silhouetten der Muezzin verschwinden. Einzelne können sich nicht genugtun, und so bleibt hie und da noch ein hohes Tremolo zurück, das in dem Gepfeif und Getriller der grauen Bussarde untergeht.

II.
Der kleine Professor

Es gibt einen kleinen Herrn, dessen Name so ähnlich klingt wie Paidophilides, er ist »Professor«, Grieche und Masseur. Von diesen dreien auf seiner Visitenkarte vermerkten Eigenschaften stimmt wohl nur der »Grieche«. Wenn ich in der St. James Bar saß, so hatte er mich mit Selbstreklame jedesmal derart mürbe gemacht, daß ich wirklich schließlich auf ihn verfiel. – Er stellt sich also jeden Morgen ein, auf eine würdige, aber bescheidene Weise. Er sitzt draußen im Korbstuhl und wartet. Wenn ich mich verspäte, blickt er mich mit großer Trauer an. Er nimmt ein Pfund Sterling pro Woche.

Er ist ganz in weißes Leinen gekleidet und ein rotseidenes Taschentuch hängt ihm vorn beim Halse heraus. Dieses parfümiert er; ist er doch schwer beschäftigt. Seine Tätigkeit beginnt bereits um fünf Uhr. Ungefähr fünfzehn feiste Effendis zählen zu seiner »Clientèle«, und sich zwischendurch zu duschen erlaubt ihm seine Zeit nicht. Ich bin einer von den Spätesten.

Mit einem weichen gutturalen Englisch bittet er mich wie jeden Tag zum Salon meiner Herbergsmutter hinüber. Und nun kommt ein kleines Kuckucksanschlagspiel zwischen ihm und dem Salon. Er wagt nicht ohne weiteres einzudringen. Öfters nämlich ist das nächtliche Leben in diesem noch nicht erloschen. Gewöhnlich ärgert sich dann eine weibliche französische Stimme, oder ein männlicher arabischer Fluch scheucht meinen Professor auf seinen Beobachtungsposten zurück. Daraufhin dauert es aber nicht lange mehr, bis die Tür sich öffnet und irgendein mächtiger in helles Flanell gekleideter Tarbuschträger, von einer bunten Kokotte gefolgt, das Lokal verläßt.

Mein kleiner Professor eilt hinein. Da die hohen Fenster offen stehen, braucht er nicht zu lüften; immerhin erweckt er den Anschein solcher Tätigkeit, indem er mit dem rotseidenen Taschentuch und mit einem Nasenpusterchen die Atmosphäre durchfuchtelt. Dies genügt meistens, um die Luft von dem Rest des Oppoponax (oder des Moschus) zu reinigen, der von den Ottomanen geistert. Was kümmert mich das! denke ich mir; jetzt lasse ich mich massieren.

Schon hat er sich die Ärmel des seidenen Hemdes bis an die Achseln emporgestrichen und zwei eiserne, dick mit schwarzem Flaumhaar bestandene Muskelstränge entblößt, die nun anfangen, meiner Anatomie mit weniger Kunst als ungeheurer Energie zu Leibe zu gehen.

Eine halbe Stunde lang dauerte diese Prozedur. Er arbeitet, hupft umher und murmelt leise Beteuerungen auf griechisch. Wir beide geraten ins Transpirieren; schon sind die drei hohen Fenster voll praller Sonne. Parfüms haben keine Dauer in diesem ägyptischen Alltag. Es ist so träumerisch, herumgeboxt, vergewaltigt und zerknetet zu werden, wenn man dabei den Frühgeräuschen von der Straße lauscht. Unendliches Getrappel, wie wenn Tropfen unablässig in eine Wanne fallen, hat draußen begonnen. Ein Regenfall von trippelnden Eselshufen –: Die Bauern, die nach der Mouski reiten. Fortwährend zerplatzen Schreie in der Luft: das sind die Zeitungsjungen mit ihrer »Bourse«, deren »U« den Lärm beherrscht. Dazwischen grölen die Melonenverkäufer ihr keuchendes: »Shâm-mâm«.

»Now I am through«, spricht der Professor leise und weicht zurück. Er kleidet sich wieder an und verabschiedet sich äußerst höflich, schon halb auf der Treppe. Ich stürze mich unter die Dusche und bedaure nur, daß ich nicht den ganzen Tag darunter verbringen kann. Denn es ist Juli, ägyptischer Juli. Nach einer Stunde schon wird die Sonne nicht mehr mit sich spaßen lassen.

III.
Die Stiefelputzer

Brehm hat sie noch nicht katalogisiert; sie sind eine Gattung von Geschöpfen, die sein helles Forscherauge in ihrem geheimen Treiben noch nicht durchschaut hat.

Man sitzt zum Beispiel vor einem Café und fühlt sich am Fußknöchel gekratzt. Man denkt es ist ein Hund (an Ichneumons oder gelbe Katzen denkt man zunächst nicht). Reagiert man also mit einem Fußtritt, so verliert sich das Kratzen.

Es geschieht aber auch, daß man mit einem harten Gegenstand am Knie beklopft wird. Das ist kein Hund, denkt man, und guckt hinunter. Es war dann der Rücken einer Bürste, und man erschrickt fast, denn zwei enorm große, schwarze, flüssige Augen blicken unendlich erwartungsvoll empor. Diese Augen befinden sich genau in vertikaler Richtung. Es gibt nichts Intensiveres als die Frage, die in ihnen bebt.

Man kann auch jetzt noch mit dem Fuß abwinken, dann verschwindet der prachtvolle Blick und taucht zwischen den Knien deines Nachbarn auf. Du bist aber gewöhnlich geneigt, dir deine gelben Halbschuhe putzen zu lassen; du grunzest also beistimmend und entfesselst dadurch eine wütende Geschäftigkeit unter der Tischplatte.

Gewöhnlich sind sie zwischen acht und zehn Jahren alt, diese Geschöpfe. Sie tragen ein gestreiftes Hemd aus einem Stück, das sogar noch ihre staubigen Füße bedeckt. Damit sie beim Laufen nicht hineintreten und sich samt ihren Schuhputzerinstrumenten nicht zahllose Male überkugeln, raffen sie es bis an die Hüften hinauf und rennen wie die Windhunde. Das passiert besonders dann, wenn ein »Ingliz« am Horizont auftaucht; dann wimmeln sie aus ganz unvorhergesehenen Lauerecken und Verstecken hervor, hordenweise, mit erbostem, weichem Kleinkinderzetern.

Sie zerren sich gegenseitig an ihren Hemden; die Eifersucht in den kleinen leidenden Gesichtern ist allein schon ein Trinkgeld wert. Zuweilen kleben sie zu zweit oder zu dritt an deinen Füßen und bürsten sich gegenseitig vom Platz. Aber der Unverschämteste, meistens der Älteste, trägt die Palme davon.

Sie wissen schwer Bescheid um ihre Heimatstadt. Sie leben auf der Grenzscheide zwischen Europa und dem Orient, das heißt in der Nähe des Eskebije-Parkes, zwischen Shepheards Hotel und der »Wasr«. Sind sie fünfzehn Jahre alt, so hat ihre Intelligenz den Höhepunkt erreicht; dann sind sie die geborenen Fremdenführer. Ein paar Jahre später hat ihre Liebenswürdigkeit vollends ein Ende. Dann sind sie aufdringliche, heiser schreiende Gesellen geworden, mit Spatzenhirnen und voll abgründiger Unverschämtheit, die dir weismachen wollen, ein Bettvorleger aus Chemnitz sei ein eingeborener Gebetsteppich. Sie begreifen dann nicht, daß ihre Beschwörungen fehlgehen. Nichts gleicht dann der Komik, mit der sie ihre Enttäuschung zeigen. Fassungslos stehen sie mitten auf der Straße, ganz mit Chemnitzer Bettvorlegern behängt, und ihr Weltbild stürzt zusammen.

Und ich weiß genau, daß die kleine hübsche, so anmutig kindliche Wanze, die sich an meine Fersen heftet, in drei Jahren vielleicht schon den Glauben an Gott verlieren wird, weil ich dann so unverständlich zurückhaltend sein werde!

IV.
Die Mauer des Anstoßes

Ich unternehme mit einem orts- und sprachenkundigen Jüngling (es ist der junge Schwager des belgischen Konsuls) meinen ersten nächtlichen Ausflug in Kairo.

Wir kommen von der St. James Bar und sind zu allerhand Scherzen aufgelegt. Wir machen daher mit der Unbefangenheit unserer Jahre einen Vorstoß in jenes Gewirr von Sackgassen, die auch tagsüber im Dämmerlicht überkragender Stockwerke und zerfetzter Sonnensegel liegen – nachts aber pechfinster sind. Hat man Glück, so kann man am schmalen Himmelsband über sich so viele Sterne zählen, als man Finger hat. Bis ein Uhr vielleicht streuen Ölfunzeln in farbigen Glastulpen schwache Arabesken auf den Lehmboden, der glattgetreten ist von tausenden nackter Sohlen oder gelber Schnabelschuhe. Murmelndes Völkergemisch drängt sich schattenhaft vorüber. In sehr großen Abständen erhellt ein Bogenlicht die Gegend.

Dazwischen brodelt das Abenteuer.

Man soll sich diesen Dingen nicht so frisch nähern. Wir aber treten ohne weiteres in den Bezirk der »buhlenden Flöten«, in die Wasr, östlich der Klot-Bey, dort, wo Ibrahim-el-Gharbi, der Mograbiner, eine nette kleine Serie von Lusthäuserchen sein eigen nennt. Er bewirtet uns mit Mokka und schwatzt gutural und blumig. Mein Dolmetsch funktioniert prächtig. Wir bekommen allerhand zu sehen . . .

Nachdem wir in einer Levantinerkneipe noch einen Absinth genommen, verläßt mich mein Schutzengel, mein himmlischer Dragoman, indem der irdische, nämlich mein Führer, mich aus den Augen verliert, oder ich ihn? – Es ist eine besonders finstere Gasse.

Verloren, ortsunkundig, hilflos stehe ich zwischen schwülen Hauswänden. Es stinkt nach Parfüm und Eselurin. Zuweilen streift mich die Wollchelabije eines Arabers. Gedämpftes Schwatzen, leises Aufkreischen, Flötendudeln. Ganz in der Ferne schimmert ein Bogenlicht. Diesem strebe ich zu. Irgendwie, denke ich, finde ich schon zurück. Vorläufig ist mir nicht im geringsten unbehaglich zumute.

Eine lange erkerlose Wand, aus Quadern gefügt, wird hell bestrahlt. Versonnen stelle ich mich an diese Wand und unternehme etwas sehr Natürliches. Sie ist einladend, diese Wand. Allah weiß es – ich denke mir nicht das Geringste dabei; bin vielmehr in behaglicher und tolerantester Stimmung.

Und als ich das Unternehmen friedlich zum Abschluß gebracht, wende ich mich weiterzuwandeln. Diese meine Absicht wird aber unliebsam durchkreuzt.

Lautlos wie ein Schwarm von Fledermäusen hat sich hinter meinem Rücken ein Häuflein Eingeborener versammelt, das ständig wächst. Sie bilden einen kompakten Ring um mich. Ich bin eingekreist. Und das Unheimliche ist: sie *schweigen*, schweigen und starren. Es sind große Kerle darunter.

Ich mache Anstalten weiterzugehen. Der Ring dehnt sich elastisch und der Haufe bleibt derselbe. Ich werde sie höchstens in den Rücken bekommen. Diese Aussicht ist wie ein nasser Handschuh ums Genick. Was will die Bande denn eigentlich?

Inzwischen werden Neuankömmlinge leise begrüßt. Sie schließen sich an und glotzen mit. Mit einer Art von Knurren werden sie informiert; sie zeigen eine schauderhafte Einmütigkeit.

Während der folgenden Minuten werde ich vollkommen nüchtern.

»Lieber Gott«, bete ich, »erleuchte mich. Was habe ich getan? Was will diese verschwiegene Rotte Korah? Was soll ich ihnen zu fressen geben, damit sie sich trollen?« –

Inzwischen verstärkt sich der Haufe. Es bilden sich sozusagen Proszeniumslogen und Parkettreihen. Die Vordersten hocken sich nieder. Die Stehplätze füllen sich. Es liegt eine üble Spannung in der Luft.

Ich schwenke Zigaretten; es hilft nichts!

Keines der bronzenen oder schmutziggelben Gesichter rührt sich. . . . Ich bin fast am Ende meines Lateins.

Da fällt mir endlich ein, was geschehen ist.

Die einladende Mauer ist die Mauer einer – *Moschee!!*

Teufel ja. Sakrileg! Lynchjustiz! Fanatismus!

An diesem Punkt kommt die Pointe. Das Leben leistet sich manchmal etwas, was einem Romanschreiber als allzubillig unter die Nase gerieben wird.

Hier leistet es sich den Deus ex machina; hier springen sogar mehrere Götter aus der Maschine.

Ich habe noch nie gesehen, daß so viele Menschen so spurlos verduften können, wie es diese Eingeborenen tun. Sie sind wie weggeblasen. Der Straßenteil liegt leer im grellen Licht.

Und aus der Schwärze der Gassen hervor schwillt ein taktfestes Geräusch: Pferdegalopp. Es ist eine Patrouille der englischen Stadtpolizei. Sie sitzen stramm, in kleidsamen Uniformen auf gepflegten Gäulen. Sie tragen kleine Teakholzknüppel an Lederriemen um die Handgelenke, und die verehrungswürdigen Revolvertaschen schwappen rhythmisch an ihren Reiterschenkeln. Ich kann gar nicht beschreiben, wie sympathisch sie mir sind, diese englischen Knüppelschwinger, diese strammen Kerlchen.

Ich fange mir den letzten ab. »Where's Shepheard's?!« brülle ich.

Und aus dem nachklappernden Echo seines Galopps höre ich die Zauberformel heraus (als sei es in Piccadilly):

»Straight on, Sir, and third to the left!!«

Der Januskopf

Wer kennt ihn nicht, den kleinen vagabundierenden Sergeantensohn Kimball O'Hara, oder »Kim«! – –

Ich habe ihn geliebt, ihn und seinen Bruder Mawgli; er hat meine Jugend begleitet. Dann aber kamen Inder in der Absicht, mir die »Augen zu öffnen«; – ein »billiger Journalisteninstinkt«, sagten sie, »brüste sich hier als Philanthropie. – Kim sei nichts weiter als geschickt kostümiertes Kinderspielzeug, womit John Bull seine Kadetten ködere. Das wahre Indien verhätschele ihn keineswegs; das täten nur die Inder des Buches. Er sei eine folgerichtig abschnurrende Zweckpuppe des Geheimdienstes, ein amüsanter Spion, ein Schein-Inder, eifrigst bemüht, der Autonomiebestrebung des Mutterlandes Fallen zu legen. Kein Wunder drum, wenn man dieses falsche Freundchen, dies Idol englischer Schülerherzen, als Verhöhnung empfinde. Aber Kipling werde von der Ehrung verwirrt, als Vollbrite honoris causa zu gelten . . .«

Diese Inder mögen zehnmal Recht haben. Sie springen unsanft um mit unserem Kim. Sie denken, es sei damit getan, ihm die politische Maske von seinem verschmitzten Gamingesicht zu reißen. Mit nichten: lebt doch, unter dem bunten Abenteuer, unter dieser grimmelshausenschen Geschehnisfülle, ein reiches und ewig uns selbst verwandtes Herz, das die Inder nie verstehen können . . . Wer ist Kipling jetzt? – Mitglied des Carlton- und Athenäumclubs, gefeierter Nobelpreisträger, Grundbesitzer in Südafrika . . . Wie stand es um seine *tendenzlose* Produktion, um sein reines Dichtertum? – Man besinne sich: wie sah der andere, der frühere Kipling aus? – Wie sah er wirklich aus, der hochverehrte Balladenheld unzähliger Knaben? – Der Beseeler von Maschinen und Tieren? – Das Väterchen des straffen Wolfskindes Mawgli, das uns vertraut ist wie Peer Gynt, wie Peter Pan? – Der Kipling, der unvergeßliche Träume formte, der mystische Verknüpfung schuf zwischen seinem »Brushwood Boy« und dessen weiblicher Erfüllung; – dessen Allgefühl kein stupider Imperialismus war, sondern auf dem »Pfade« erwuchs, dem weiten, einsamen, innerlichsten, der »immer neu« bleibt?

*

Es war in der Hotelhalle in Luxor, im März 1913.

Ahnungslos bezüglich all der tückischen nationalen Spannungen, – blind gegen die Verhetzung, die unter dünner Decke brodelte, von Weltverbrüderung narkotisiert, wollte ich die Gelegenheit nicht missen, mit dem tiefverehrten Dichter zusammenzutreffen. Er war auf der Durchreise; ich schickte meine Karte zu ihm.

Er trat vor die Glastür auf die Veranda: eine in Rohseide gekleidete, untersetzte, damals leicht rundliche Gestalt, mit gepflegter Glatze und grauem Haarkranz am Hinterkopf. Das Gesicht war olivbraun, von der helleren, matteren Tönung des Bengalen. Ob er lächelte, ließ weder der wuchernde Nietzsche-Bart, noch die goldgefaßte Brille deutlich erkennen. Er ging eilig auf mich zu, mit einer liebenswürdigen Direktheit, die fast erschreckte . . . Da er einen halben Kopf kleiner war als ich, so hatte ich Muße, mir seine Glatze zu betrachten, die rund und poliert war wie ein Straußenei. In dieser Schale, dachte ich dabei, ist Mawgli geboren.

Ich brachte eine stockende Rede ins Geleise: was es für mich bedeute, ihn persönlich zu sehen; welche seiner Bücher meine Jugend begleitet; wie beliebt und anerkannt er in Deutschland sei; was er von den Übertragungen halte; ob sie ihn zufriedenstellten . . . Er hielt während meiner Ansprache den Kopf etwas schief; sein Ausdruck war fast gütig; ich rührte ihn offenbar.

»Es schmeichelt mir zu hören –« sagte er mit der lispelnden Korrektheit des aufgestörten feinen Mannes – »daß man mich in Deutschland nicht nur kennt, sondern auch, wie Sie sagen, schätzt . . .«

»Aber, Herr . . . «, rief ich mit naiver Eindringlichkeit, »man *verehrt* Sie!«

Er blickte mich mit eisgrauen Augen an, durch die Brille hindurch. Es war ein schwerer Blick, wie schmelzendes Blei. – »Sie sind sehr freundlich«, sagte er. – »Ich bin ein ungebildeter Kerl; ich spreche nur Englisch und ein wenig Hindi . . . Die Gelegenheit, Deutsch zu lernen, habe ich leider verpaßt . . . Ich muß mich schämen; man ist so sprachenkundig in Deutschland . . .«

Etwas zu ölig klang das, etwas zu bereitwillig; – doch ich merkte es nicht. Ich war ehrlichstes Echo für seine Orakel und sagte beruhigend, da übertreibe er wohl ein wenig; haha!

Auch er pustete etwas durch die Nase, so daß der Nietzsche-Bart sich blähte wie ein kleines Topsegel. – Ich rührte ihn ganz bestimmt; ich möchte jetzt, nachträglich, darauf wetten.

»Wohin fahren Sie nun?« fragte er.

Es gehe weiter südlich, meinte ich; – vorläufig nach dem Sudan . . . Hier kam seine kleine, auf dem Rücken stark behaarte Hand aus der Hosentasche hervor. – »Dann müssen Sie –« Sprach er, »den Sonnenaufgang bei Abu-Simbel sehn!« Er faßte mich am Schlips und starrte mich an. Seine Pupillen waren ganz klein; er behielt den Mund offen, als habe Ungeheures ihn plötzlich überwältigt. – Dann löste er die Hand und wiederholte geheimnisvoll, leise und scharf flüsternd: »Das müssen Sie! Unbedingt!!«

*

Drei oder vier Tage später sah ich wirklich jenen Sonnenaufgang zu Abu-Simbel.

Die vier Kolosse vor dem Eingangstor starrten mit ihren zerklüfteten, von unvorstellbarem Glanz gleichsam erblindeten Häuptern in die Zeitlosigkeit der Lohe im Osten.

Jeden Morgen erhebt sich dieser Farbenchoral von Purpur und bleichem Türkis. Seine Rhythmen schwingen jenseits und über allem menschlichen Verstehen. Das Mächtigste ist dies, und das Abstrakteste zugleich. Nie hat ein Kult tiefer empfunden; nie einen gleichen schlicht pompösen Ausdruck erlangt . . . Es ist, als entzünde sich der Gedanke der Allgottheit am eigenen Feuer, um dort plastisch aufzuglühn.

*

»You *must* see it!« war Kiplings Wort. – Damals glaubte ich an ihn wie an andere Götzen; glaubte an Echtheit in seiner »völkerverschmelzenden« Intuition und an die Unantastbarkeit, durch Rassenverhetzung, jener ewigen »geistigen Provinz . . .«

Denn ich ahnte noch nichts von dem Marsprofil, von der Chauvinistenfratze an der Rückseite des Januskopfes, jenes Pax-Antlitzes, das so tief in den Osten getaucht erschien, bestrahlt und erschüttert vom Sonnenaufgang zu Abu-Simbel, der nicht seinesgleichen hat.

Exotismus in deutscher Literatur

Von Robinson Crusoe, dem schlichten Matrosen, führt eine ziemlich direkte Linie zur »Schatzinsel« Stevensons und zum »Goldkäfer« Poes. Es ist ein Urbedürfnis des in europäisch begrenzte Existenzform eingespannten Menschen, sich für ein paar farbige Stunden über den grauen Stumpfsinn der Tretmühle hinwegzutäuschen und geistig hemmungslos ein wenig von dem zu naschen, was eine ungebundenere Daseinsform ihm vielleicht beschert hätte. Die Atmosphäre für den ersten Robinson war gegeben. Die gebildete Welt, zügellos und doch der selbst auferlegten Fesseln sich halb bewußt, die ihr das Lebenszeremoniell des achtzehnten Jahrhunderts auferlegte, begrüßte diesen neuen Odysseus im Blätterschurz (so verschieden von seinen früheren Kollegen, die mit allem Aufwand barocken Stils gereist) mit der halb erschreckten, halb entzückten Neugierde der Nausikaa. Diese Prinzessin war zwar diesmal nicht antik und verließ sich nicht nur aufs Gefühl, sondern sie war kritisch, sogar »aufgeklärt«; sie nahm den Dulder hin als pittoreske Besonderheit und erhob die Natur mit ihm zum Schlagwort. Auf diese Weise erklären sich Defoes ungeheure Popularität und die Flut der Nachahmungen.

Zunächst waren all diese schiffbrüchigen Lebenskünstler nur Variationen des Originals, bewirkten aber selbst noch in ihrer fortschreitenden Verflachung und Versalbaderung, daß das Moment des Exotischen dauernd als Bestandteil der Literatur anerkannt und gepflegt wurde. Paul und Virginie spielten in Westindien miteinander die unschuldigen Scherze von Daphnis und Chloe, wenn auch gewissermaßen mit ein wenig pietistischer Vorsicht. Seumes »edler Kanadier« schlug sich mit deutlicher Absage an alle Verfeinerungen in die Büsche. Bertuchs Bilderbuch setzte unzerstörbare Begriffe des Fremdartigen in das Hirn der Kinder, Cooper begann seine europäischen Triumphzüge, um als letzter Aufguß viele Jahrzehnte darauf im Vorstellungskreis Karl Mays seine Auferstehung zu feiern. Die Humboldts rückten die neue Welt näher heran mit wissenschaftlicher Durchdringung und schufen dadurch das Prototyp des »Philosophischen Reisetagebuches«, und endlich brachte Chamisso, der Südseefahrer, Urbild des Globetrotters, als letzte verfeinerte Blüte auf dem verzweigten, doch schon ausgelaugten Stamm der Robinsonaden sein »Salas y Gomez« hervor.

Naturgemäß ging der Uranstoß zu Abenteuerromanen, soweit sie in den neueren Begriff »Roman« einzureihen sind, vom Angelsachsentum aus, das seit der Besitzergreifung des »Van-Diemens-Landes« mit dem Orient häufiger und intimer in Berührung kam als das abgewirtschaftete Spanien, ganz zu schweigen von der kurzen brandenburgischen Kolonialerfahrung. Exotische Stoffe, die mit der englischen Literatur verknüpft sind, auch nur andeutungsweise zu streifen, ginge weit über den Rahmen der Skizze hinaus. Es können nicht einmal die Befruchtungen angedeutet werden, die die deutsche Literatur von solchen oft verschollenen Vorbildern empfing und umgestaltend verarbeitete.

Ein starker Hang zum Orient macht sich im deutschen Klassizismus mit Wieland geltend. Goethe schuf seinen »Diwan« mit unerhörter Einfühlung in das Wesen der östlichen Seele; waren doch damals nicht besonders viele Zeugnisse arabischer und persischer Dichtkunst bekannt. Die Romantiker ließen sich, seit die französische (freilich auch französierte) Wiedergabe von »Tausendundeine Nacht« existierte, nur allzugern in die üppige Welt locken und fügten bunte Staffagefiguren aus dem Orient in ihre Träume ein. Einstweilen jedoch behielt der gelehrte Arabismus in Deutschland die Oberhand und die Dichter befaßten sich mehr am Schreibtisch und aus einem spielerischen Kostümierungstrieb, wenn ich so sagen darf, mit derlei Stoffen.

Es sollte noch einige Zeit dauern, bis Rückerts »Makamen«, Bodenstedts »Mirza Schaffy« und die Reisen des Sir Richard Burton den Orient wieder greifbar machten als eine von trächtigstem Leben erfüllte Welt, die der Vitalität der Heimat in nichts nachgab. Freilich entstanden auch in dieser Periode Zwitterprodukte, wie gewisse »historische« Romane, die einem germanischen Völkchen die Rolle und das Kostüm schwer kontrollierbarer (weil einige tausend Jahre zurückliegender) Orientalen zumuteten. Mit Bodenstedt jedoch, der in gewissem Sinne ein Enkel des »Diwan« ist, setzt insofern eine neue Epoche in der Betrachtung des Exotischen ein, weil (abgesehen von schon immer existierenden Reisebeschreibungen) dieses das erstemal ist, daß ein deutscher Künstler Selbsterschautes, Selbsterlebtes literarisch verwertet. Denn seine Zeilen und Verse atmen den Geist des Hafis und des Papageienbuches, wenn auch natürlich seine deutsche Tradition durchschimmert.

Der heutige exotische Roman beginnt als ein seinem Wesen und seiner Tendenz nach scharf umrissenes Gebilde mit den Werken des Dänen Johannes V. Jensen und des Angloinders Kipling. Bei dem ersten ist die seiner Rasse eigene Wikinger-Sehnsucht, wie er diese Vorliebe des Fremdländischen nennt, die treibende Kraft. Bei Kipling ist es die ungeheure Erreichbarkeit und Selbstverständlichkeit, mit der das britische Weltreich überall ein Bollwerk errichtet und behauptet, die ihm seinen Weg erleichterte. Auch mag wohl der Imperialismus dieses Dichters mit der Dankbarkeit für die Anerkennung verknüpft sein, die ihn schon, während erster Versuche, als indischen Redakteur begleitet hat. Wiewohl er nämlich väterlicherseits Engländer war, spukte irgendwo eine indische Ahne in seiner Vorfahrenreihe, die ihm gesellschaftlich sehr hinderlich gefallen wäre, hätte sein Genie nicht diesen »stroke of the tarbrush«, diesen »Spritzer der Teerbürste« (wie der Tory-Ausdruck lautet) hell überleuchtet. Gleichzeitig gab ihm dieser fremde Tropfen wohl auch das große Einfühlungsvermögen in die Seele exotischer Völker. Kipling war auch nicht ohne Einfluß auf die Entwicklung des modernen französischen Exotismus, wie er sich in Farrère, Pierre Mille oder Loti äußert, obwohl es ihm gleichzutun diesen Franzosen nicht gelingen will, da ihre bestechende Schilderungskunst auch hier in der Oberfläche steckenbleibt. Man kann mit dem an sich blendenden Rüstzeug ihrer Erzählertechnik dem versteckt rauschenden Brunnen östlichen Wesens nicht nahekommen. Es werden gutgeschaute Bilder daraus, die nur von den Sinnen erfaßt und genossen, vom Verstand objektiviert werden; darum dürfen sie oft nur den Reiz der Flimmerleinwand für sich beanspruchen. Typisch dafür ist etwa André Chevrillons »Indien«.

Es ist erklärlich, daß sich der eigentliche Kolonialroman in Deutschland erst richtig entfalten konnte seit der jungen Erwerbung auswärtiger Interessengebiete; und selbst dann zehrte man zunächst an Vorbildern noch; allerdings sehr zum Nutzen deutscher Kunst, da in erster Linie Dänemark, Holland, und schließlich auch England befruchtend wirkten. Bücher wie Dauthendeys »Raubmenschen« oder »Lingam«, Norbert Jacques' »Piraths Insel« und »Funchal« (um nur zwei neuere Autoren zunächst zu nennen) wären undenkbar ohne holländische oder englische Befruchtung. Kellermanns »Tunnel«, diese phantastische Farce, bliebe totgeboren ohne den Einfluß amerikanischer Magazinnovellen. Es fällt bezeichnenderweise bei den zuerst genannten Autoren auf, daß sie *undeutsche* Namen tragen. Leitet doch Dauthendey seine Herkunft aus dem Schottland Stevensons, und Jacques aus dem halbgallischen Luxemburg her. Aber sie schreiben beide Deutsch, und glänzendes Deutsch dazu. Man möchte dazu neigen (wenn man die paar deutschen Autoren überblickt, die sich erfolgreich in Exotismus bis jetzt versucht haben), für gute Schilderung des Fremdländischen und dessen psychologische Vertiefung eine gewisse Rassenmischung vorauszusetzen. Doch Deutschland beweist, daß es gleich den alten Kolonialmächten Dichter hervorbringen kann, die bodenständig sind und dennoch scharfe Augen für die Eigentümlichkeit des Fernliegenden haben.

Um den spezifischen Wert deutscher »exotischer« Dichtungen näher festzustellen, muß man mit einer Negierung beginnen. Sie sind nie ganz echt, aber nur im besten Sinn gesprochen. Ebenso wie Kiplings beste Produkte noch den englischen Puritanismus atmen, freilich in versteckter und dem künstlerischen Genuß nie hinderlicher Form, so zeigen gewisse deutsch-exotische Romane spezifisches Deutschtum. Sie betonen nämlich auf ihre Weise, daß eine Loslösung vom europäischen Begriffsvermögen selbst bei größter Einfühlung ins Fremde nie ganz möglich ist, und stempeln eben diese Unfähigkeit der Loslösung zum Objekt ihrer Betrachtung. Sie schildern zwar die Dinge mit oft bizarrer Distanzierung, aber diese Kühlheit ist nicht angeboren wie bei den Franzosen, sondern anerzogenes oder bequem in Vorbildern vorgefundenes, gebrauchsgerechtes Mittel zum Zweck. So sehen wir bei dem Germanen Jensen französische Stilrequisiten, um die Innigkeit seiner Betrachtung zu dämpfen. Täuschen wir uns nicht: immer ist es sein Herz, das spricht, und er verbirgt eine edle Scham vor dem eigenen Gefühlsdrang hinter geschliffener Maske.

Das deutsche oder englische Herz ist viel verletzlicher als das romanische, weil das Sentiment bei ihm ins Überpersönliche dringt und deshalb viel größere Gefahr läuft, sentimental (im schlechten heutigen Sinn) zu werden. Und nichts schadet der künstlerischen

Betrachtung und Behandlung des Exotischen, Wesensfremden mehr als Gefühlsduselei. Es entsteht in solchem Fall Schreibtischüberschwang, kostümiertes Puppenspiel, bestenfalls Chinoiserie oder gefälliges Fabelwerk, wie etwa Bonsels »Indienfahrt« oder Bruun's »van Zanten«. Es versteht sich: auch die Bourgeoisie, ebenfalls wie die höhere Töchterschule, brauchen das »Indien«, das sie verlangen, und wollen es durchaus so wie es sich in ihren Köpfen malt. Unsere Betrachtung handelt von der inneren Wahrheit, mag auch der Vorgang erfabelt sein. Drehen wir den Standpunkt um! – Da naht jener schöngepflegte Greis Tagore, bringt echte Vorgänge, aber innere Unwahrheit, und zwar deshalb in aller Unschuld unwahr, weil unser Magier mehr Oxford in den Knochen hat als er selber ahnt, und weil seine Moral sich nur soweit indisch gibt, als der englische oder kontinentale Durchschnittsleser sie nachempfinden kann. Bringt er »neue, gute Mär«? Nein; weder neue, noch besonders gute. Wäre dieser ondulierte Inder so echt wie Wilson als Yankee-Schulmeister, so wäre er dreier Nobel-Preise würdig.

Um noch ein drittes Beispiel heranzuziehen: Ossendowski ist (man sage was man will) ein wirklicher Dichter. Ein Mann, der Übersetzungen in jeder Sprache unbeschadet seiner Wirkung verträgt, *muß* Qualitäten haben. Worin beruhen diese? Nun, in der Anschauung Asiens, die die richtige ist. Die Dinge, die er schildert, könnten *möglich* gewesen sein; und darauf allein kommt es an. Eine sekundäre Frage ist, ob Herr Ossendowski diese Abenteuer in ihrer komprimierten Kinodramatik wirklich am eigenen Leib erlebt hat, wie er zum Schaden seines persönlichen Renommees wahr haben will. Es war mithin lediglich ein Kunstfehler, »Ich, ich« zu sagen, anstatt etwa: »Mein polnischer Romanheld, Soundso.«

Hier steckt auch der Angelpunkt des Wertes deutscher Exotik. Es ist die Betrachtungsform als solche, frei von französischer oder polnischer persönlicher Eitelkeit, mit Verzicht auf billige Globetrotter-Genugtuungen, mit Ausschaltung also des erlebenden Ichs und mit Einschaltung der großen, allgemein menschlichen Herzensperspektive. Solch deutsche Produkte betonen, daß eine Loslösung von der europäischen Empirie trotz größter Einfühlung ins Uneuropäische nie ganz möglich ist. Das erzeugt jene behutsame Bescheidenheit im Anfassen des Exotischen und (im kleinen Horizont) deshalb die größte relative Wahrheit. Wir kennen den Exoten nicht. Wir sagen aber nicht: »so oder so ist er«, und lassen ihn abschnurren wie eine Zweckpuppe für ein möglichst exotisches Spectaculum, sondern wir sagen: »möglicherweise könnte er sich in diesem oder jenem menschlichen Fall so oder so verhalten«; wir beschreiben ihn genau, stellen ihn aber dann in die Luft und registrieren lediglich seine uns wirklich bekannte Menschlichkeit.

Weiß doch das deutsche Gewissen: kein Mensch, der die Merkmale einer abgrenzbaren Rasse an sich trägt, ist imstande, die Gefühlswelt einer anderen in einem Sinn objektiv zu schildern, daß sein Werk ebensogut von einem typischen Vertreter dieser anderen Rasse stammen könnte!

Wenn er es dennoch versucht, so bleibt naturgemäß etwas objektiv Unwahres daran haften. Wie stellt man sich nun zu dieser Unwahrheit? – Sie hat zwei Seiten: eine unkünstlerische und eine künstlerisch berechtigte. Unkünstlerisch ist sie in dem Moment, wo sie zu sensationeller Unterhaltung ausgeschlachtet wird; wo ein sächsischer Maharadja in der Lüneburger Heide über die Flimmerleinwand gespenstert, wo ein Winnetou katholisch wird.

Künstlerisch ist sie immer dort, wo eine philosophische Seele (ich denke nicht unbedingt an Keyserling) sich der fremden Erscheinung in höherem Sinn annimmt, sich ihrer als Symbol bedient für den eigenen Ausdruck (was ja überhaupt das Wesen künstlerischen Schaffens ist). Dadurch entsteht in jedem Falle etwas Neues und in seiner Art Vollkommenes. Flauberts »Ägyptisches Tagebuch« mag Mißverständnisse enthalten. Sein Wert bleibt der gleiche – ein Symbolwert, gleichzustellen an Intensität dem der »Bovary« (ein Mißverständnis Flauberts ist schließlich auch immer interessanter als die journalistische Korrektheit des Herrn Schulze). Gefühlsmäßiges Erfassen nichteuropäischer Volksseele ist manchem Europäer, besonders manchem Deutschen gelungen, wenn viele solche Fälle auch der Literatur verlorengingen, weil es durchaus kein ausschließliches Privileg der Schriftsteller ist, bei Bedarf innerlich das Kostüm zu wechseln.

Was Flaubert mit seinem großen Kunstverstand erreichen konnte, hat er erreicht: photographische Bildhaftigkeit, Gruppierung, Kontrastierung. Was ist aber unsere deutsche Aufgabe? Brücken zu bauen; denn nur durch das Hinüberschlagen von Begriffsbrücken von uns zum Fremden ziehen wir dies ins Herz, wird es unser Besitz, wird es vergleichbar mit uns. Also Belebung ist's, nicht museale Klassifizierung.

Wie belebt nun der Franzose seine Exoten? Er kleidet sie ein, so echt, wie sein scharfes Auge sie nur irgendwie in der Linse sammeln kann. Er häuft gute Beobachtungen aller erdenklichen Details der Äußerlichkeit auf sie. Dann löst der Meister-Mechaniker die Feder aus: siehe da! der Exote spaziert, legt und setzt sich, spricht und singt: brünstig, weise, tückisch, je nach Belieben und Bedarf! Er ist die Meister-Marionette. Kaum jemals hört man in den »Civilisés« von Farrère die Feder schnurren.

Wie belebt der Deutsche seine Exoten? Ja – der Deutsche hat, wie vor allen Nachbarvölkern, so auch vor den Farbigen viel zu viel Respekt, um sie einfach tanzen zu lassen wie er sie sieht. Nein, er will ihnen, wie der liebe Gott dem Klumpen Lehm, wirkliches Leben einblasen. So werden es keine Puppen, sondern unsere (wenn auch reichlich verschiedenen) Brüder; also Menschen. Und mit dieser Intuition, diesem seelischen Anschmiegungsbedürfnis an das Fremde trifft der Deutsche das Richtige. Was sein politischer Fehler ist: die allzu große Behutsamkeit und Anerkennung wesensfremder Gedankengänge, der rabiate Objektivierungstrieb mit Ausschaltung national-egoistischer Bedenken, ist im Künstlerischen sein Plus und darin sein unbedingter Vorzug. Ein neues, ungewohntes Erlebnis wirkt stets tiefer und einschneidender als alte Gewohnheit, besonders in an sich verblüffenden Dingen. So warfen wir uns mit unserer jungen Kolonialerfahrung mit viel größerem Verständnis und Eifer ins Studium der uns anheimgegebenen Völker, als die satten alten Sklavenhaltermächte. Schon in Gerstäckers Romanen in ihrer knabenhaft vagabundierenden Abenteuerlichkeit, schon in des Österreichers Sealsfield »Kajütenbuch« sind die Charakteristika des großen Staunens erkennbar. Der exotische Mensch und das exotische Tier sind uns keine bloße biologische Erscheinung; es war dem Deutschen Schillings, dem Vorläufer Bengt Bergs, vorbehalten, mit dem Blitzlicht zuerst an das Tier heranzugehen, wo anfangs nur Schießerei herrschte. Die deutsche Seele wehrt sich eben gegen ein ausgestopftes Okapi und wünscht sich das lebendige; sie will das Milieu und die Schwesterseele (sei es auch nur die des Tieres); sie will keine bloße Staffage oder das Echo eines überflüssigen Flintenschusses. Sie haßt den amerikanischen Geist, der im Stabil-Exotischen (etwa im Tropischen) lediglich ein Hindernis für »Fortschritt« sieht. Wittert doch der Deutsche, soweit er Künstler, also »Romantiker« ist, all die ungenutzten wunderbaren Schätze des »Stabilen« – des Rückschrittlichen, unter der Walze des seelenfeindlichen »Fortschritts«. Er sieht sie nicht gefördert, sondern nur verwässert.

Es ist schwer und auch bedenklich, Rückschlüsse aus eigener Theorie aufs eigene Schaffen zu ziehen. Was mir mein Gefühl nahelegte, habe ich vorgetragen. Vielleicht habe ich dennoch eine leise Berechtigung, über derlei mich auszulassen – und ich identifiziere mich mit meinem »Buschhahn«, dem Inselbesitzer und Don Quijote der Südsee, Grothusen.

Denn er ist mein Geschöpf. Ich habe ihn auf die Beine gestellt. Folglich ist er eine Fiktion. Doch eine Fiktion mit einer besonderen deutschen Eigenschaft: er ist durchaus *möglich*.

Über tredition

Eigenes Buch veröffentlichen

tredition wurde 2006 in Hamburg gegründet und hat seither mehrere tausend Buchtitel veröffentlicht. Autoren veröffentlichen in wenigen leichten Schritten gedruckte Bücher, e-Books und audio-Books. tredition hat das Ziel, die beste und fairste Veröffentlichungsmöglichkeit für Autoren zu bieten.

tredition wurde mit der Erkenntnis gegründet, dass nur etwa jedes 200. bei Verlagen eingereichte Manuskript veröffentlicht wird. Dabei hat jedes Buch seinen Markt, also seine Leser. tredition sorgt dafür, dass für jedes Buch die Leserschaft auch erreicht wird.

Im einzigartigen Literatur-Netzwerk von tredition bieten zahlreiche Literatur-Partner (das sind Lektoren, Übersetzer, Hörbuchsprecher und Illustratoren) ihre Dienstleistung an, um Manuskripte zu verbessern oder die Vielfalt zu erhöhen. Autoren vereinbaren direkt mit den Literatur-Partnern die Konditionen ihrer Zusammenarbeit und partizipieren gemeinsam am Erfolg des Buches.

Das gesamte Verlagsprogramm von tredition ist bei allen stationären Buchhandlungen und Online-Buchhändlern wie z. B. Amazon erhältlich. e-Books stehen bei den führenden Online-Portalen (z. B. iBookstore von Apple oder Kindle von Amazon) zum Verkauf.

Einfach leicht ein Buch veröffentlichen: **www.tredition.de**

Eigene Buchreihe oder eigenen Verlag gründen

Seit 2009 bietet tredition sein Verlagskonzept auch als sogenanntes "White-Label" an. Das bedeutet, dass andere Unternehmen, Institutionen und Personen risikofrei und unkompliziert selbst zum Herausgeber von Büchern und Buchreihen unter eigener Marke werden können. tredition übernimmt dabei das komplette Herstellungs- und Distributionsrisiko.

Zahlreiche Zeitschriften-, Zeitungs- und Buchverlage, Universitäten, Forschungseinrichtungen u.v.m. nutzen diese Dienstleistung von tredition, um unter eigener Marke ohne Risiko Bücher zu verlegen.

Alle Informationen im Internet: **www.tredition.de/fuer-verlage**

tredition wurde mit mehreren Innovationspreisen ausgezeichnet, u. a. mit dem Webfuture Award und dem Innovationspreis der Buch Digitale.

tredition ist Mitglied im Börsenverein des Deutschen Buchhandels.

Dieses Werk elektronisch lesen

Dieses Werk ist Teil der Gutenberg-DE Edition DVD. Diese enthält das komplette Archiv des Projekt Gutenberg-DE. Die DVD ist im Internet erhältlich auf **http://gutenbergshop.abc.de**